amores proibidos

Meu amor é um ANJO

Organizado por

Eric Novello

Janaina Chervezan

1ª edição

Editora Draco

São Paulo

2011

Edição: Erick Santos Cardoso
Produção editorial: Janaina Chervezan
Organização: Eric Novello, Janaina Chervezan
Revisão: Mariana Sgambato
Capa: Ericksama, Paloma Serra (foto)

Dados Internacionais de Catalogação na Publicação (CIP)
Ana Lúcia Merege 4667/CRB7

Meu amor é um anjo / organizado por Eric
Novello, Janaina Chervezan. – São Paulo : Draco, 2011. –
(Amores proibidos; 2)

Vários autores.
ISBN 978-85-62942-22-8

1. Contos brasileiros
I. Novello, Eric. II. Chervezan, Janaina. III. Série.

CDD-869.93

Índices para catálogo sistemático:
1. Contos : Literatura brasileira 869.93

1ª edição, 2011

Editora Draco
R. Carlos Honório, 190 - 13
Jd. Esther Yolanda - São Paulo - SP
CEP 05372-070
draco@editoradraco.com
www.editoradraco.com
www.facebook.com/editoradraco
twitter: @editoradraco

Sumário

Meu amor é um anjo.

Quando o amor está no ar.

por Ana Lúcia Merege

Em 2010, a Editora Draco publicou o primeiro livro da série *Amores Proibidos*, que mexeu com a imaginação e o coração de seus leitores ao narrar histórias de amor envolvendo mortais e vampiros.

Agora, chega até nós o segundo livro, no qual as presas e capas esvoaçantes são substituídas por asas e auréolas. Isso mesmo, estamos falando de anjos – o que não significa que as histórias aqui contidas são todas doces e harmoniosas como solos de harpa.

O relacionamento entre mortais e seres divinos aparece na literatura desde a Antiguidade. Hoje está mais presente do que nunca, não apenas em livros, mas também em filmes, música e quadrinhos. Apaixonar-se por um anjo é sempre uma experiência arrebatadora, seja ele um querubim – suave, sensível e lindo de morrer – ou um arcanjo, armado com uma espada flamejante e pronto a destruir qualquer dragão que ameace sua amada. E isso sem falar daqueles rebeldes e misteriosos, que talvez sejam anjos caídos, à espera de um grande amor que os ajude a chegar à redenção.

Tudo seria perfeito, não fosse por um detalhe: os anjos pertencem a um plano diferente, não podem se apaixonar por mortais. Ou não deveriam. Quando isso acontece, fatalmente surge um obstáculo para atrapalhar, exigindo difíceis escolhas e sacrifícios em nome do amor.

As autoras deste livro exploram o tema com mestria, em diferentes cenários e estilos. Autora de ficção científica, Lidia

Zuin, ambienta seu conto num futuro não muito distante, em que a realidade se mistura ao mesmo tempo com a fantasia e com um universo virtual baseado em jogos cibernéticos. Já Anna Lizz traz de volta o tumultuado Brasil dos anos 60, um tempo de grandes urgências e grandes paixões. Julianna Steffens, Íris Figueiredo e Eliana Martins contam histórias de amor entre jovens humanas e seus anjos da guarda, em narrativas cujos tons variam do divertido ao poético e introspectivo. A editora e fotógrafa Andréia Szcypula apresenta um anjo compenetrado, que comete uma imprudência ao se aproximar demais de uma mortal. O tema do guardião é retomado pela escritora e tradutora Flávia Côrtes, com uma perspectiva que transcende o plano do amor romântico; e por Larissa Naufel, cuja história, narrada pelo próprio anjo, acaba tomando um rumo inesperado. Por fim, a autora portuguesa Eugénia Tabosa foge aos padrões, narrando de forma lírica o encontro entre um anjo e uma sereia.

Enfim, são nove histórias em que o ideal se mostra proibido, inatingível a menos que se superem barreiras de tempo, espaço e matéria. No entanto, quem duvida que o amor é capaz de vencer todo e qualquer obstáculo?

Então, já sabem. É hora de respirar fundo, fechar os olhos e se deixar levar nas asas da imaginação. Ou melhor, nas dos anjos que voam nestas páginas.

Curtam, pois o amor está no ar!

Ana Lúcia Merege
Niterói, 24 de abril de 2011

Meu amor é um ANJO

Nas Asas Da Noite

Anna Lizz

Quando o corpo frágil de Oliver exalou o último suspiro, todos já esperavam pelo pior. Era uma noite fria e o céu estava perfeito e sem nuvens, revelando-se como um extenso pergaminho aberto e bordado de estrelas. Sexta feira, treze de Dezembro de 1968. Naquele momento, existia apenas um lugar onde ele gostaria de estar: no alto de uma das torres da velha igreja, no centro da cidade. Era para lá que ele fugia quando queria perder-se em seus pensamentos.

Enquanto as ruas desertas eram vasculhadas por captores, ele dormia ao o relento ao lado de Alice, sua melhor amiga. Nas madrugadas silenciosas e cheias do medo instalado após o 'Grande Golpe', o rapaz subia ao telhado, escondendo-se dos gritos aterrorizantes e da fumaça densa das velas que a mãe acendia em casa. Mas, as estrelas pelas quais era fascinado, agora brilhavam velando o seu corpo sem vida.

O movimento suave de sua respiração cessou, e a mulher ajoelhada ao lado da cama estremeceu. Ela já sabia. Não por acaso, trajava um vestidinho preto, meias e sapatos escuros, quase no mesmo tom das olheiras acentuadas em sua expressão cansada. Mirian não quis nenhum médico, nem os hospitais abarrotados e burocráticos que excluíam a maioria esmagadora. Ao invés disso, assim que soube sobre o estado de saúde do único filho, trancou-o em casa, mesmo em seus dias ainda saudáveis, e passou a cuidar, ela própria, do garoto doente e debilitado. Não permitiu que o internassem. No lugar dos remédios, dispôs-se de livros antigos e velas, os quais acreditava ser a chave para a cura da doença, não da carne, mas do espírito.

Entretanto, de nada valeram seus esforços e agora, as lágrimas escorriam silenciosas pela face. Ao lado da cama, ela acendeu velas que iluminaram o rosto pálido do garoto e, em seguida, passou uma das mãos por sua testa, afastando as mechas do cabelo liso, muito negro. Sua pele estava gelada, úmida e rígida demais. Chorou. Apanhou a tesoura sobre o criado mudo e cortou alguns fios do cabelo dele, esfregou nas palmas das mãos e deixou que caíssem sobre as chamas. Logo a casa foi tomada pela fumaça que Oliver sempre odiou. Seu corpo jazia sobre a cama, enquanto a mãe derramava em seus braços, o líquido quente que escorria das velas acesas. Com a ponta da tesoura ela desenhou em seu peito, um dos símbolos que aprendera a cultuar e, derramou novamente as lágrimas brancas incendiadas.

Não demorou muito para que o corpo do garoto começasse a trepidar. Minutos depois, sua pele suava excessivamente, molhando todo o lençol. De seus lábios entreabertos, começara a jorrar o sangue quente, enquanto ele era envolvido pela fumaça azulada que permanecia infestando todo o quarto. A mulher não se moveu e deixou que ele se agitasse enquanto vomitava o liquido vermelho e viscoso. Com as mãos trêmulas e o olhar desesperado, Mirian continuou a desenhar-lhe o corpo, mas dele não saía mais sangue. A pele cortava-se e, apenas o rastro profundo da lâmina permanecia, formando os símbolos sagrados.

Quando os primeiros raios de sol atravessaram o vidro embaçado da janela, Mirian abriu os olhos e sentiu a lágrima quente rolar pelo rosto. Oliver repousava sem pulso, sem respiração, sem vida. Os braços abertos com as palmas das mãos viradas para cima, o corpo nu sem marcas, nem cicatrizes, ou qualquer sinal de violência. O transe terminara, e os símbolos e sinais haviam desaparecido. Entretanto, a recompensa da vida não chegou ao amanhecer. As velas apagaram-se e a fumaça foi dissipada por entre as frestas das janelas sem que ninguém soubesse do ritual pela madrugada.

Alice foi a primeira a chegar. Sem cumprimentar a mãe do defunto, correu em direção ao quarto e abraçou o corpo de Oliver, agora vestido em trajes fúnebres e deitado sobre a cama. O som das lamúrias aumentava à medida que a casa se enchia de amigos que vinham lastimar tamanha perda. Sob a pressão angustiante do ambiente, Mirian deixou a sala e trancou-se no quarto. Ali, as sombras abrigavam os segredos ritualísticos, envolviam os móveis velhos e projetavam-se sobre a cama desfeita. Numa mesinha no canto do cômodo, repleta de fotografias e livros, velas em um candelabro antigo emitiam uma luz bruxuleante.

Lá fora, as pessoas conversavam sussurrantes, choravam e maldiziam a doença do demônio que acometera o pobre jovem. A culpa pesava sobre os seus ombros. O que ela faria sem ele? Estava cansada de lutar, de chorar, de invocar o invisível... Sem razões para prosseguir vivendo, descarregou a fúria que sentia em um golpe insano, arremessando o próprio corpo contra a parede. A mesinha foi derrubada e as fotografias se espalharam sobre a madeira apodrecida, revelando em sua maioria, o rosto do filho.

– Amaldiçoe a mim! – gritou.

Um vento impetuoso sufocou a súplica e apagou as velas. Oliver estava morto.

Março de 1969 - Outono

Alice olhou por cima dos ombros e respirou fundo. As mãos tremiam involuntariamente enquanto ajeitava o cabelo, tentando não parecer amedrontada. Por que ele a estava seguindo? O que sabia sobre ela? Deixou uma flor sobre sepultura de Oliver e sentiu que ele a observava enquanto caminhava para a saída. A garota correu entre os sepulcros caiados e fechou o portão atrás de si assim que deixou as terras santas do cemitério. Ele a seguiu. Seus passos eram firmes e uma aura triste e negra envolvia-lhe o corpo, mas ele não usava uniforme como os outros, talvez nem fosse um deles. Alice respirava ofegante e o coração acelerava-se à medida que ele se aproximava.

– O que quer de mim? – perguntou segurando firme as grades de ferro, para impedir que ele passasse.

Sem esperar que respondesse, soltou as grades e seguiu em direção à igreja. Não voltaria para casa naquele dia. Nanda, a amiga com quem dividia as contas do minúsculo apartamento no subúrbio da cidade, reuniria as colegas para mais uma noite inteira de overdose dos livros de Sartre e Nietzsche. Culpa das influências estrangeiras que viraram a cabeça dos jovens – pensou enquanto seguia apressada para a catedral. Mas um arrepio percorreu-lhe a espinha quando sentiu que ele tocara em seu ombro virando-a em sua direção.

– Cinco minutos. – ele disse olhando-a nos olhos – Por favor, não tenha medo de mim. Quero falar sobre Oliver, sei que era a melhor amiga dele.

Segurando-a pelo pulso, ele a conduziu até um barzinho próximo dali pediu duas cervejas e puxou uma cadeira para que ela se sentasse. Alice mantinha o olhar vago que adquirira após a morte do amigo. Quando a bebida foi colocada sobre a mesa, deu um grande gole e sentiu a vertigem imediata pela baixa tolerância ao álcool.

– Estou muito preocupado com você... – falou dando início a conversa.

– Estou bem... – disse olhando de soslaio para um soldado de pé ao lado da porta – Não acha que tem mais coisas com o que se preocupar?

– Você precisa saber de algumas coisas importantes, era o desejo dele.

– Por favor, não me venha com essa!

– Fique longe de Mirian – suplicou – Não se aproxime dela, pode ser perigoso.

– E quem é você para me dizer o que fazer?

Mais uma cerveja foi colocada sobre a mesa e, ela bebeu metade do liquido de uma só vez, visivelmente alterada. Ele suspirou e olhou para o seu rosto, os olhos azuis belíssimos, porém, tristes demais. Depois da morte de Oliver, ela não se permitira mais sorrir. Outra cerveja foi deixada sobre a mesa, e ela segurou o copo na frente do rosto, olhando para o rapaz através do liquido semitransparente.

– Relaxa, vamos comemorar a morte dele! Ele gostaria, não é?

– Não gostaria. Pare de brincar, você vai se machucar.

– Quero morrer. – o sorriso morreu nos lábios, e as lágrimas começaram a rolar pelo rosto avermelhado.

– Mas eu não vou deixar.

O sol se punha por detrás da grande torre da catedral quando eles deixaram o barzinho caminhando devagar pela calçada. O rapaz disse que a levaria para casa, mas tonta, ela relutou e pediu para que a deixasse na igreja. Ele insistiu que era perigoso, mas Alice desvencilhou-se de seus braços e o encarou com olhar debochado.

– Eu nem te conheço! Você fica me seguindo o tempo todo tentando me proteger não sei do que. O que foi agora? Quer ser meu anjo da guarda?

– Chame como quiser, mas vá pra casa.

– Quero ficar na igreja! – suas palavras saíram ríspidas exalando o aroma do álcool.

Sem mais argumentos, ele a conduziu até a grande e velha porta de madeira da catedral, amaldiçoou sua teimosia e a deixou prosseguir. Lá dentro, sob a penumbra da tarde, sua cabeça doía ainda mais. As janelas de vidro em mosaicos deixavam penetrar os últimos raios luminosos do sol e, ela só percebeu que estava sozinha quando ouviu a voz dele ecoando no vazio.

– Está tudo bem aí? – a pergunta propagou-se pelo corredor.

O silêncio lhe respondeu o que já imaginava. Observando-a de longe, ainda parado perto da porta, viu quando ela ajoelhou-se no meio do corredor central e apoiou a cabeça no chão, de costas para o altar. Suas lágrimas molhavam o carpete acinzentado que recobria todo o piso, enquanto ela soluçava palavras incompreensíveis. Ele olhou para a imensa cruz de metal acima da torre e fechou os olhos. Desatou os cadarços do sapato e sentiu as pedras geladas da calçada sob os seus pés, aproximou-se um pouco mais da porta e, colocou o pé esquerdo sobre o primeiro degrau tocando em seguida, os umbrais do solo santo. Seus cabelos castanhos começaram a se tonar dourados, como fios de ouro reluzentes. Colocou o capuz e fechou a blusa de frio até o pescoço. A cabeça coberta, parecia tomada por uma luz intensa. Seus pés descalços tocavam o chão com dificuldade, as solas dos pés queimavam como fogo e, ele quase não suportou a dor eminente em seu peito.

Eram sete horas e, naquele exato momento, o sino da igreja soou a primeira badalada. A garota ajoelhou-se assustada, tudo estava escuro e o barulho estridente do sino fez com que as paredes tremessem de leve. Ele deu mais um passo, e o sino soou duas ou três vezes. A dor era insuportável, tão intensa e desesperadora, que ele não pode mais aguentar. Abriu os braços apertados junto ao corpo e deixou que seus pés flutuassem sobre o chão. Os olhos dela quase não acreditaram quando viram duas pequenas asas surgirem de cada um de seus calcanhares. Cobriu o rosto com as mãos enquanto o sino cantava sua ultima nota e, quando o silencio se fez, abriu os olhos novamente e se viu sozinha a portas fechadas, mergulhada na escuridão total.

Levantou-se ainda zonza, embora não se considerasse mais sob o efeito do álcool. Tateou os bancos de madeira e atravessou uma das alas até chegar à parede e acender parte das luzes. Estava sozinha, cercada por imagens de santos, olhando-a, vigiando-a. Nunca a igreja havia lhe parecido um lugar tão assustador.

Sentindo-se tonta, deitou-se no meio do corredor e encolheu o corpo de modo a abraçar os joelhos e assim, podia ver as pinturas sacras no teto em arquitetura gótica. Cada abóboda abrigava uma história, recontada a pinceis e tinta e pareceu que as imagens embaralhavam-se e libertavam-se das telas tomando vida. Atentou-se às figuras angelicais, veladas por suas vestes brancas e cobertas pela aura luminosa, então fechou os olhos novamente, e quase pôde sentir a presença dos seres sobrenaturais.

– Oliver... Por que o seu anjo não cuidou de você?

Arrastou-se até o ultimo banco e deitou-se, adormecendo rapidamente.

Alice acordou na manhã seguinte ao som de jovens que gritavam por 'Liberdade'. Seu corpo estava dolorido e a cabeça latejava. Logo avistou o rapaz apoiado em uma das muretas do jardim. Caminhou em sua direção, sem saber se havia ou não sonhando com os acontecimentos da noite anterior e, exausta, fitou seus olhos castanhos, enigmáticos.

– Qual deles você é? – perguntou pausadamente.

– Vem comigo.

No mesmo barzinho da noite anterior, ele pediu um café no balcão e entregou a bebida quente a ela, que tomou tudo de uma só vez. Mais calma, ela perguntou se ele era mesmo um ser celeste, disse que estava confusa e depois, como ele esperava, começou a rir e a chorar. Uma crise louca diante de uma situação não menos insana. O rapaz respirou fundo e, diante do seu silêncio ela arremessou a pergunta entalada na garganta.

– O que sabe sobre ele? Sabe me dizer onde ele está?

– Você sabe exatamente onde ele está.

– Não é possível que esteja morto. Você tem poderes, não tem? Traga ele de volta!

– Não tenho poderes...

– Me diz o que você é! Um anjo do céu? Do inferno?

– Por favor, Alice, pare de fazer perguntas.

– Não enquanto não me explicar o que aconteceu. – E projetando o corpo sobre a mesa, começou a esmurrar seus ombros sem que ele revidasse em nenhum momento. – Eu não preciso de você se não pode me dar respostas!

O rapaz permaneceu imóvel, os braços cruzados a altura do peito e uma expressão vaga no rosto. Embora não sentisse dor pelos golpes, parecia inquieto e olhava frequentemente para o alto. Seu olhar era triste e ao mesmo tempo desesperado. Algo perturbava sua mente. O suor começou a brotar de sua testa e agora escorria misturando-se as lágrimas em seu rosto. De repente, como se tomado por uma força sobrenatural, ele segurou os ombros dela e a empurrou com brutalidade, arremessando-a do outro lado, pouco tempo antes do grande letreiro de ferro despencar sobre a mesa.

– Vá pra casa e não saia de lá! – ordenou estendendo a mão para que ela se levantasse.

– Preciso de mais tempo.

– Doze luas e nada mais...

A voz grave ecoava enquanto o corpo do estranho ser levitava sobre a superfície. Seus olhos eram frios e cruéis como da primeira vez. A maldita noite de primavera. Ele acordara assustado, sentindo sob as costas a mesa de pedra gelada e, então o viu. Gigantesco, cabelos brancos e lisos caídos sobre os ombros, asas imensas e escarlates e, aquela voz clara e assustadora explicando o que havia acontecido.

'O seu corpo tornou-se imortal e sua alma estará presa nele por toda a eternidade. Este agora é o seu mundo – disse estendendo os braços para a imensidão do vazio ao seu redor e, como se pudesse adivinhar seus pensamentos, arrematou: – E claro, você está morto.'

Mesmo distante e coberto por uma luz parca, a criatura o encarava e parecia sondá-lo esquadrinhando seu coração. Havia apenas um desejo, um último pedido pelo qual implorou, e depois de torturado pelo olhar esmagador daquele ao qual sua alma pertencia, recebera a permissão para adiar sua transformação definitiva. 'Terá doze luas para vê-la, maldita mortal infeliz!' – e dizendo estas palavras desapareceu no vazio. Doze luas haviam se passado e o mesmo olhar frio o encarava, impassível.

– Não é justo! – ele disse esmurrando uma mesa de pedra

– Pode dar adeus a ela agora mesmo, e veremos o que não é justo.

– Tu disseste que eu poderia fazer o que quisesse até que o tempo acabasse. Disse que não interviria!

Tua vontade fez o letreiro cair, não foi? Quase a matou!

– Se contar mais alguma coisa a ela, não haverá tempo para salvar nem a si mesmo, muito menos a uma mortal insignificante. – pausa – Deveria ter acabado com você quando tive a oportunidade. Não tem sequer um segundo a mais.

O rosto pálido emitia uma luz azulada e enquanto falava os seus lábios não se mexiam. Sua voz ecoava entre as paredes de mármore branco, mas elas pareciam não existir na imensidão daquele lugar. Ele permanecia flutuando ao longe, olhando-o sem compaixão. Definitivamente aquele não era um ser misericordioso.

– Divirta-se... Você tem menos de 24 horas.

– Nanda? – Alice chamou ao perceber que alguém entrara em casa. Poderia ser um captor, ou pior, poderia ser o seu anjo, mas era apenas Nanda, sua camiseta com a estampa 'Break the Rules', rasgada, provavelmente estava na confusão pela manhã.

– Oi Alice, tudo bem?

– Acho que sim... Ficou 'estudando' ontem?

– É, a Jana veio aqui. – respondeu dando um sorriso amarelo – Por que você não voltou?

– Estava na igreja.

– Procurando por ele?

A lágrima que teimara em segurar rolou pela face ao lembrar-se das brincadeiras da infância. Oliver sempre se escondia nos lugares mais secretos. 'Eu desisto!' Gritava em todas as direções, mas ele continuava quietinho, abafando o riso com as mãos. Só depois que ela chorava era que ele aparecia e lhe dava um beijo no rosto. 'Por que você chora? Não sabe que eu sempre apareço?' – Apareça Oliver!

– Lili, eu sei que não é o melhor momento para falar sobre isso, mas, eu queria te contar uma coisa.

– Fale... – ela disse secando as lágrimas

– Eu e a Jana... A gente tá namorando.

Alice sentiu a dor de cabeça aumentar progressivamente.

– Eu sei que você não gosta, nem entende... Se você fosse com a gente nos protestos. – silêncio – Você é minha melhor amiga, eu tinha que contar pra alguém.

– Entendo... – respondeu desviando o olhar.

O quarto onde as duas dormiam estava uma completa zona. Havia cigarros espalhados por toda a parte e, agora olhando com mais atenção, uma blusa de Jana estava pendurada sobre a cabeceira da cama. Alice não fumava. Odiava o cheiro de tabaco, odiava a rodinha de amigos e seus planos mirabolantes de assalto a banco, odiava a revolução e a imoralidade. Decidida, vestiu uma blusinha de frio, apanhou a mochila sobre a mesa e seguiu em direção a porta, com a certeza de que não voltaria nunca mais.

– Está tudo bem? – a amiga perguntou ao vê-la saindo.

– Já reparou que só temos uma cama?

– Alice, calma... Não tem nada a ver com o que está pensando.

– Desculpe. Não quero nem pensar. – Saiu do quarto e bateu a porta com violência.

Enquanto descia as escadas tentou manter a mente limpa, mas sem sucesso. ' Por que isso está acontecendo comigo?' Lembrou-se do rosto de Jana e do seu olhar inocente e imaculado. 'O que fez com minha melhor amiga? Sua desgraçada!' As lágrimas agora escorriam grossas pelo rosto. 'Oliver, por que não morri no seu lugar?' Nenhuma voz a respondia. Cruzou a avenida e caminhou até a igreja, mas não pretendia entrar. Ao invés disso subiu lentamente os degraus externos que levavam até a torre mais alta.

A vista era incrível. Oliver chamava aquele lugar de 'Aionia Ágape', por que sempre que olhava para o céu, sentia-se apaixonar pela vida. Em seus últimos dias, já sentindo o tumor crescendo dentro do corpo, ele subiu para observar as estrelas algumas vezes. 'Está vendo aquela mais brilhante a sua esquerda, Asteri?' ' Sim! Muito linda...' 'A partir de hoje é sua!' Alice sorria como se realmente ele fosse o dono do céu e das estrelas. Chamava-a de, Asteri, (Estrela) uma das poucas palavras que aprendera da língua grega. Talvez o 'Aionia Ágape' tivesse perdido o seu encanto... Alice se aproximou da mureta de proteção e subiu nela sem olhar para baixo. Estava decidida sobre suas escolhas e fechou os olhos saltando em direção ao vazio. Seu corpo caiu no espaço, sem qualquer superfície de apoio, mas, não tocara o chão.

– Eu disse pra não sair de casa.

– Me solte. – ela disse para o rapaz que segurava o seu braço no alto da torre.

– Nunca! – disse puxando-a de volta e deitando-a no chão. – Alice, não vou poder de te proteger o tempo todo...

– Então me deixe escolher a morte.

– O que você está pensando? Que a morte vai resolver os seus problemas? – perguntou com os olhos vermelhos – Pois não quero estragar suas surpresas, mas não vai. Você tem uma vida, amigos, família, e de repente está morto, apagado pra sempre. Nunca mais verá quem você ama, nunca mais poderá dizer as palavras que sempre guardou para mais tarde. Cobriu o rosto com as mãos, secou as lágrimas e continuou – Nunca mais diga que quer morrer, entendeu bem? Eu não posso cuidar a vida inteira de você, por mais que eu queira. Não vou viver pra sempre do seu lado. – ele continuou com um olhar triste, depois de uma breve pausa – Tenho apenas algumas horas pra te dizer tudo o que eu deveria ter dito há muito tempo.

O rapaz se afastou e descalçou os sapatos deixando-os de lado. Em seguida descobriu a cabeça revelando os cabelos castanhos e lisos e com cuidado tirou a blusa de frio, deixando o corpo exposto da cintura para cima.

– Você confia em mim? – ele perguntou sentando-se ao seu lado.

Alice estremeceu e ele sorriu, segurou uma das mãos dela e fez com que tocasse seus cabelos. As mechas castanhas entre seus dedos aos poucos foram ficando mais claras e os fios dourados como o sol. A garota olhava-o assustada. O rosto angelical emitia uma luz suave e, ele fechou os olhos pousando a cabeça em seus ombros. Seus olhos presenciaram o momento em que duas grandes asas projetaram-se para frente, envolvendo-a e aquecendo o seu corpo trêmulo.

– Queria ficar assim pra sempre... – sussurrou. Segurou-a em seu colo e soprou seu rosto, secando com delicadeza uma pequena lágrima que escorria para o canto dos lábios. – Está com medo?

– Sim...

– Ótimo, assim não vai sentir a minha falta quando for embora, e eu vou. – ele disse firme, mas triste.

– Por quê?

– Por que eu te amo e não quero que se machuque... – suspirou – Eu sempre amei você.

Alice sentiu que o peito do rapaz arfava a cada frase. Olhou para o seu rosto e notou pequenas gotas prateadas que caíam de seus olhos. Seu cabelo dourado movia-se com o vento e, suas asas a envolviam completamente. Ela apertava-se ainda mais no abraço, como se não quisesse acreditar no que ele estava dizendo. Aos poucos reconhecia aquela voz, aquele cheiro, aquele olhar... Os segundos em silêncio perduravam como a eternidade, torturando-a.

– Queria ter feito tantas coisas...

Alice agora soluçava, molhando com lágrimas a pele quente do seu anjo. Ele a abraçou com toda força do mundo, beijou o seu rosto e seus cabelos, enquanto a acalentava em seu colo.

– Minha menina, meu amor... Minha 'Asteri'. Me perdoe por ter te abandonado. – sussurrou entre beijos acariciando-lhe as costas por baixo da camiseta.

– 'Se Thelo'. – respondeu num grego arrastado e sussurrante.

– Eu também te quero. – e beijou seus lábios enquanto as mãos quentes tocavam-lhe os seios.

Quando o sol despontou no horizonte, ele a pousou delicadamente sobre o chão e levantou-se. Suas asas haviam sumido, seus cabelos voltaram ao tom castanho escuro de antes. A cidade estava vazia e o céu parecia mais acinzentado do que o comum. Era o momento de partir, e dessa vez, para sempre. Enquanto observava o horizonte distante, ela se aproximou e lhe deu um beijo na nuca, abraçando-o por trás.

– Alice, você nunca mais vai me ver. – ele disse soltando-se do abraço carinhoso.

– Mas é claro que vou, nós seremos felizes! Sua mãe nem vai acreditar, ela...

– Ela nunca saberá! Ficou claro? Nunca saberá de nada disso. Eu não sou mais humano, meu corpo está enterrado, estou morto Alice! Você não entende droga? Eu a odeio... – ele disse com sangue no olhar – Por causa dela minha vida se tornou um inferno, ela me matou com seus rituais. Eu nunca acreditei e quando percebi já era tarde demais...

– Ela te fez voltar?

– Me amaldiçoou com a eternidade! – bradou enfurecido. – Quanto mais tempo ficar aqui, mais serei torturado. Eu sinto dor quando essas malditas asas saem de mim, é como se um punhal afiado rasgasse minha pele perfurando o meu corpo. Olhe para essas cicatrizes! – ele disse mostrando o corte profundo em suas costas – Aqui não é o meu lugar! Não mais...

– Oliver, por favor...

– Eu pedi um tempo pra voltar e me despedir de você, não tenho nem mais um dia.

– Por favor... – ela disse chorando.

– Adeus.

Alice tentou segurá-lo pelo braço, mas, ele se soltou e correu, saltando da torre. Gritou ao imaginá-lo caído no chão, mas seu corpo havia desaparecido no espaço e nada restara além do vazio de sua ausência.

Ainda assustada, desceu os degraus da escada de ferro, correndo em direção à pequena casa de madeira no alto do morro. Deu murros na porta, sem se importar em acordar os vizinhos, e quando Mirian atendeu, voou em seu pescoço, sacudindo-a com violência.

– O que fez com ele? – perguntou gritando enquanto apertava sua garganta. – O que fez com a alma dele?

Alice enforcava-lhe e pressionava o seu corpo contra a parede de madeira, mas, Mirian teve tempo apanhar uma garrafa de vidro vazia, no móvel ao lado da porta. Sentindo a morte paralisar as batidas do coração, ela arremessou a garrafa contra a cabeça da menina que caiu ao chão, desmaiada. Alguns segundos se passaram até que ela recuperasse o fôlego e trancasse a porta por dentro. Arrastou a garota para um dos quartos e a deitou na cama por cima dos livros abertos que estudava.

– Uma vida por outra... – ela sussurrou enquanto procurava fósforos para acender as velas. – Eram tão amigos... Sua vida trará o meu filho de volta.

Ela ainda respirava, movia as pontas dos dedos enquanto a mulher recitava palavras estranhas lidas em um dos livros grossos e antigos. Com o sangue que escorria dos cortes provocados pela garrafada, Miriam desenhou no corpo da garota o símbolo que lhe tiraria a vida.

– O meu filho não podia morrer... – repetia enquanto a fumaça azulada espalhava-se pelo quarto.

Oliver abriu os olhos, assustado. Sua cabeça doía, a luz intensa ofuscava a visão e ele sentia uma dor insuportável no peito. Suas mãos rasgaram a camisa que vestia e ele pôde ver que um desenho estranho se formara em sua pele.

– O que está acontecendo comigo?

– Sua mãe quer sua vida de volta. Quer me dar Alice em troca do seu corpo podre e mortal.

– Eu não quero voltar! Não toque nela! Deixe-a em paz! – ele gritou avançando contra o dono da voz que lhe falava, mas, caiu antes de alcançá-lo. Uma força invisível o arremessou ao chão. Sentiu que seu corpo queimava inteiro, a dor dilacerava sua pele enquanto suas asas se abriam. – Desgraçado! – ele disse com a voz sufocada – Devolva-lhe a vida imediatamente!

– Alguém tem que pagar... Se não quiser que ela morra, permaneça exatamente onde está. É assim prostrado que eu te quero.

Oliver sentia a dor crescente esmagar o seu coração e suas

asas agitavam-se enquanto ele tentava lutar contra o que não via. A criatura era indiscutivelmente mais poderosa do que suas forças poderiam suportar, mas jamais poderia calar sua voz, nem apagar o amor que sentia. O seu poder não controlava os sentimentos humanos e, por mais que quisesse, jamais seria amado ou adorado, apenas temido.

– Asteri, por favor, não morra! – gritava mesmo que a dor quase o impedisse de respirar – Eu te amo. Não morra, por favor... – continuou dizendo enquanto chorava alto.

O ser que levitava diante dele pareceu estremecer. A voz de Oliver, esvaindo-se pela dor, o fizera fraquejar diante da cena patética do sofrimento passional. – 'Estúpidos, entregam-se e sofrem por amor.' – sussurrou enquanto o rapaz se agitava.

– O tempo acabou, Oliver. Salve sua 'Estrela' e jamais tornará a forma humana.

– Me transforme agora! Não vou deixá-la morrer...

A força que mantinha o seu corpo preso se dissipou e suas asas se abriram livremente. Agora seus cabelos eram dourados e lisos e caíam sobre os ombros, seu rosto brilhava e ele não podia mais tocar o chão e caminhar. Sentia-se leve por não ser mais humano. Por não pertencer ao caos das guerras, não ser responsável pela morte de jovens que lutaram pela liberdade... Sorriu e atravessou o céu, feliz por poder salvar a vida de Alice, mesmo que isso custasse a sua. Tudo pegava fogo. O corpo de sua mãe estava debruçado sobre a cama e a vela que segurava, tratara de incendiar os lençóis e as paredes de madeira. Alice estava desmaiada e ele a pegou no colo, retirando o seu corpo das chamas.

O corpo da garota foi encontrado sobre o altar da igreja depois que um homem ligou para avisar que tinha visto uma intensa e estranha luz por aquelas imediações. Nanda e Jana a levaram para o hospital onde fora medicada e deixada em observação, mas, o motivo do coma era totalmente desconhecido. Parecia apenas estar dormindo, não havia marcas, sinais de violência ou queimaduras na pele... Seu corpo permanecia intacto sobre o leito frio do hospital e ela dormia suavemente, segurando fios dourados junto ao coração.

Junho de 1969 - Inverno

Alice acordou muitos dias depois sentindo que as asas dele ainda a protegiam. Os fios dourados em suas mãos confirmavam que nada daquilo fora um mero sonho, mas traziam a triste certeza de que ele havia partido. Ela nunca contou nada a ninguém. Soube que Mirian havia morrido carbonizada em sua própria casa e seu corpo fora enterrado ao lado do filho. Nunca mais voltou ao cemitério. Sempre que desejava encontrar-se com ele, fechava os olhos e podia ver novamente seu rosto iluminado.

Havia poucas coisas das quais se lembrava depois da despedida frustrada no alto da torre, seguida por sua busca desesperada por Mirian. Nanda, Jana e outros jovens revolucionários estavam metidos até o pescoço na 'clandestinidade' e o seu apartamento virou esconderijo para os integrantes da luta armada.

– Vamos sumir por um tempo Lili – Nanda sussurrou enquanto policiais rondavam os quartos do hospital. – Fique no apê da Jana, se cuida, tudo vai terminar bem – despediu-se e saiu sem olhar para trás.

As amigas nunca mais se viram, a repressão tornou-se cada vez pior. Enquanto jovens eram torturados até a morte, Alice dormia e sonhava com a liberdade, voando nas asas de noite. No sonho, Oliver vinha ao seu encontro e a levava voando para o céu. Dizia: 'O amor eterno te fará imortal! Confie em mim!'

Alice despertou assustada, levantou-se e saiu pela madrugada, caminhando descalça pelas ruas. Em poucos minutos estava novamente em frente à igreja, onde não havia voltado desde a despedida. Subiu os degraus da escada de ferro e chegou ao topo, olhando para o céu estrelado. Aproximou-se da mureta de proteção e olhou para baixo, não enxergando nada além da escuridão.

O vento soprou em seus cabelos e Alice sorriu, pela primeira vez em muito tempo. Estava ali, no alto da torre olhando para a imensidão do céu e imaginando-se tão eterna como uma estrela... Como 'Aionia Ágape'. Sentiu-se tão boba como naqueles dias em que gritava: 'Desisto de te procurar' e chorava antes de ele surgir com seu olhar travesso. Fechou os olhos e pode escutar sua voz misturada ao som do vento. 'Asteri' – Sim! Ela ouvia perfeitamente!

– Oliver... – ela sussurrou – sua estrela está brilhando muito hoje, você devia ver.

Correu para o vazio da noite e saltou sobre a mureta sentindo o vento a abraçar enquanto caia.

Seus pés não tocaram o chão.

– Eu sabia que viria!

A História de Zelda

Eliana Martins

PRINCESA ZELDA – Preparem-se, homens e mulheres! Lutem com todas as suas forças! Só assim conseguiremos vencer Ganon, que nos espera no deserto.

SÚDITOS (em uníssono) – Sim, princesa.

PRINCESA ZELDA – Unidos, impediremos que ele encontre os três triângulos do poder.

SÚDITOS (em uníssono) – Salve a princesa Zelda! Salve a princesa Zelda!

Era final de tarde quando Zelda chegou a casa. Levava ainda nos ouvidos aquele encorajador brado: “Salve a princesa Zelda!”

Passou pela sala, colocando a mochila com os apetrechos em cima de uma poltrona. Então foi para a cozinha. Estava faminta. Não demorou muito, escutou o grito da mãe:

– Gizeldaaaaa! Gizelda, é você?

– Sou, mamãe. Cheguei morta de fome. Vou fazer um sanduíche.

Em segundos, a mãe apareceu na cozinha.

– Você não colabora mesmo, não é, Zelda? – disse, olhando o relógio. – Estamos todos aqui, feito uns idiotas, esperando pela madame.

Zelda pareceu não entender o comentário da mãe.

– Como assim? Ainda nem anoiteceu, mãe. Que eu saiba, vocês não gostam que eu fique até tarde da noite sozinha, na rua.

– E a formatura da sua tia? Esqueceu, é claro! – continuou a mãe, cada vez mais irritada. – Decerto estava lá com aqueles seus amigos malucos.

–Eles não são malucos, mãe! – disse Zelda, jogando o sanduíche fora.

– Não vai comer? – perguntou a mãe?

– Perdi a fome. Não vou comer e nem vou à formatura. Podem ir sem mim.

A passos largos, o pai também apareceu na cozinha; já vestido para sair.

–De jeito nenhum, dona Gizelda! A senhora vai à formatura da sua tia, sim! Vá se arrumar, já! – disse ele, furioso.

– Ela só se interessa por essa palhaçada de jogo que frequenta – continuou a mãe. – Sair com a gente não importa a mínima. Anda feito uma maltrapilha. Sempre de calça *jeans*, tênis e cara lavada.

– É por isso que nunca arruma namorado – intrometeu-se o irmão, aparecendo na cozinha, atraído pelos berros do pai.

As lágrimas ameaçaram sair dos olhos de Zelda. Mas ela não era uma princesa? Não tinha poderes mágicos? Precisava enfrentar mais aquela batalha.

–Eu não tenho namorado porque não encontrei ainda alguém de quem gostasse. E não vou pra formatura porque não curto essas coisas. Depois eu ligo pra minha tia – disse Zelda, já saindo da cozinha e correndo para o seu quarto.

O pai bateu na porta, a mãe esbravejou, mas acabaram indo embora sem ela.

Zelda desabou na cama. Por que tinha que ser daquele jeito? Por que ela não conseguia ser feliz na sua própria casa? Era uma *nerd*, como seus pais e a maior parte das pessoas a classificavam. Mas e daí? Será que todas as pessoas tinham que ser iguais? Gostar das mesmas coisas?

Fazia já algum tempo que Zelda conhecera o grupo que jogava *Live Action*. Era um jogo tão atraente que logo a conquistou. Nas partidas, cada jogador representava um papel, exatamente como um ator; incluindo os figurinos e acessórios, para enriquecer o ato teatral.

Quando se reuniam, parecia uma festa a fantasia. Por isso usavam sempre o sítio dos pais de um dos amigos de jogo. Em meio às árvores e vestidos a caráter, sentiam-se voltando no tempo. Zelda adorava.

Haviam encenado vários jogos. Umas aventuras já existiam, outras eles mesmo criavam. Um belo dia, o amigo, dono do sítio, chegou com a ideia de encenarem A Lenda de Zelda. Já que tinham uma Zelda entre os jogadores, ela poderia ser a princesa.

E assim foi. O jogo da Lenda de Zelda já levava três fins de semana. Os melhores da vida da garota. Porque no jogo ela era Zelda, a princesa. Fora dele, era Gizelda, o peixe fora d'água.

Mais calma e aproveitando a solidão da casa, Zelda foi para a sala pegar sua mochila. Ali estavam seus pertences mais sagrados: a roupa de princesa, o par de botas, a pequena coroa. Comprara tudo com o dinheiro de pequenos trabalhos que fazia; visto que o pai havia cortado sua mesada desde que ela "se metera com aquele bando de malucos", como ele dizia.

Zelda amava tanto os pais, o único irmão, adorava aquela casa, mas... Não conseguia ser feliz ali. Por quê?

A campainha tocou, interrompendo seus pensamentos. Afastando a cortina da janela da sala, viu um rapaz, que carregava uma caixa. Foi atender.

– Esta é a casa de Gizelda Valente? – ele perguntou.

– Sim. Sou eu.

Ele abriu um largo sorriso e disse:

– Então esta caixa é para você.

Zelda pegou o pacote e olhou o remetente.

– Estranho... Não tem remetente. Quem será que me mandou?

– De certo foi alguém que tem muito bom gosto – disse o sorridente rapaz.

Só então Zelda percebeu que havia falado sozinha.

– Desculpe; estava pensando alto.

O rapaz deu risada.

– Bem, espero que você goste do presente – disse ele.

– Como sabe que é um presente? – Zelda perguntou, espantada.

– Eu não sei. Só suponho que seja. Garotas bonitas ganham presentes.

Um vermelhão tomou conta do rosto dela. Nunca tinha

ouvido aquilo de um rapaz. Segurou a caixa com mais força, como se quisesse reter aquele momento.

– Encomenda entregue, já vou indo – disse o portador, descendo os três degraus que separavam a porta de entrada do jardim da casa. – Tchau, Gizelda Valente!

Zelda ficou olhando, até ele sumir de vista. Então entrou em casa e foi correndo para o quarto. O que haveria naquela caixa misteriosa, endereçada a ela e sem remetente? – perguntava-se, enquanto abria o pacote. E foi uma surpresa quando se deparou com um lindo espelho com cabo de madeira entalhada. Junto a ele, um bilhete:

Para você se olhar, todas as manhãs, e ver o quanto é bonita.

O coração de Zelda disparou. Aquele, com certeza, era o seu dia. Primeiro o rapaz do correio fazendo um elogio. Agora o bilhete dizendo que ela era bonita. Quem teria mandado o presente? Zelda logo pensou no amigo, dono do sítio. Afinal, tinha sido dele a ideia de transformá-la na princesa Zelda. Será?

As horas passaram depressa. Antes que os pais e o irmão voltassem da formatura da tia, Zelda apagou a luz do quarto. Recostada em sua cama, acabou cochilando.

Um turbilhão de imagens povoou seus sonhos. Viu um adolescente, usando uma túnica, se aproximar. Era Link, outro personagem do *Live Action*. E no sonho ele lhe dizia: "Eu a ajudarei, princesa Zelda".

Depois, viu-se em meio às árvores do sítio do amigo, onde encenavam a lenda. Corria entre elas, observando cada canto. Precisava encontrar a Terra Dourada, onde as deusas Din, Nayru e Farore haviam guardado o artefato sagrado; o Triforce da Sabedoria. Só uma pessoa digna, justa e pura poderia encontrá-lo. Seria ela? "Eu a ajudarei, princesa Zelda." Ouviu de novo a voz. Mas, desta vez, não era Link quem dizia e sim o rapaz do correio. Ele vinha de braços abertos em sua direção.

Zelda despertou assustada. A visão do rapaz fora tão nítida. Só então recordou o quanto ele era bonito. Dentes brancos no sorriso largo; cabelos abundantes e castanhos claros. E a voz? Tão doce que ainda podia ouvi-lo dizendo: "Garotas bonitas ganham presentes".

Mas não usava o uniforme do correio. Por que seria?

Levantou, tomou um banho e voltou a deitar. A festa da tia devia estar boa, Zelda pensou. Até aquele momento, ninguém voltara para casa. Ligou a tevê. Pouco depois, dormiu de vez.

E amanheceu em alto astral. Há muito não tinha uma noite de sono tranquilo como aquela. A primeira coisa que fez foi olhar o espelho. Estava feliz e isso se estampava em seu rosto.

– Bom dia, família! – disse Zelda, alegremente, ao chegar à cozinha, onde os pais e o irmão tomavam café.

– Que alegria toda é essa, menina? Viu o periquitinho verde, foi? Ou sonhou com algum bonitão? – brincou a mãe.

– Adivinhe, se for capaz – disse Zelda, bem humorada, piscando para ela.

– Se sonhou com um bonitão, espero que seja real e não personagem de jogo. – disse o pai, ainda irritado pelo ocorrido na noite anterior, sem tirar os olhos do jornal. – Aquilo é um antro.

– Antro de quê, hein, pai?

Ele tinha conseguido estragar seu bom humor.

– Fique sabendo que o jogo de *Live Action* não permite álcool e muito menos drogas; se foi ao que quis se referir. É apenas um jogo. Uma diversão sadia.

– Isso é. Nunca vi nenhum deles de bebum! – comentou o irmão, assustando o pai.

– Como assim? Você já esteve naquele sítio?

O garoto ficou sem graça.

– Já fui uma vez; só para espiar. Achei legal.

Zelda já havia interrompido seu café da manhã e saído. Não dera tempo de ouvir o comentário do irmão. Seu céu, que amanhecera azul, estava cinzento, de novo.

Caminhando a esmo, a garota atravessou a rua e entrou no parque que havia perto de sua casa. Sentou-se em um banco. Absorta, não percebeu que alguém sentara ao seu lado.

– Oi, Gizelda Valente – ouviu.

Sobressaltada, fez menção de levantar. Depois percebeu que quem estava ali era o mesmo rapaz do correio.

– Nossa, você me assustou.

– Desculpe; não tive a intenção – disse ele.

– Que coincidência a gente se encontrar aqui no parque – comentou Zelda.

O rapaz sorriu.

– Não foi coincidência, Gizelda. Estava indo para sua casa entregar esta caixa quando a vi entrando aqui – então lhe estendeu o objeto.

Zelda ficou boquiaberta, mas pegou o pacote.

– Olha, eu não estou entendendo nada. Outro dia, você apareceu na minha casa com uma encomenda que não tinha remetente. Agora, me aparece com outra que, pelo jeito, também não tem. E eu percebi que você nem usa uniforme de carteiro.

– Mas eu não sou carteiro, Gizelda; portanto não preciso usar uniforme.

– Se não é carteiro, por que entrega correspondências? – perguntou a garota, cada vez mais confusa.

– Eu entrego só correspondências especiais para pessoas especiais – ele respondeu.

O mesmo vermelhão que cobrira seu rosto antes voltara.

– Quem disse que eu sou especial?

– Eu. – disse, de súbito, o rapaz.

– E como sabe disso se nem me conhece?

– Quem disse que não te conheço? Conheço mais do que pensa, princesa Zelda.

Aquilo bateu como um sino, nos ouvidos dela. Como ele sabia o nome do seu personagem?

– Meu nome é Caliel. – ele se apresentou, estendendo a mão; que ela apertou. – Sabe que tristeza não fica bem em um rosto tão lindo?

Zelda nem perguntou como ele sabia daquilo. Há tanto procurava alguém para desabafar, dividir suas angústias, buscar respostas para suas perguntas. Abriu-se com ele. Naquele parque arborizado, onde tudo ao redor anunciava o início da primavera, Zelda e Caliel não sentiram o passar das horas.

– Nossa! Olha a hora! – espantou-se Zelda, olhando o relógio. – E eu tomando o seu tempo com minhas mazelas.

Caliel passou delicadamente a mão nos cabelos negros e longos dela.

– Eu tenho todo o tempo do mundo, Gizelda. Você é que não tem. Os momentos tristes consomem muito mais tempo da gente do que os alegres, sabia?

Zelda não entendia muito bem as coisas que Caliel dizia, mas sentia-se tão bem as ouvindo.

– Vá para casa. Entre pensando que você é a mais amada das filhas, a mais querida das amigas, a mais bonita do quarteirão. Seu amigo não a escolheu para ser a princesa Zelda à toa. Tire essa princesa de dentro de si, Gizelda, e deixe que todos a conheçam. Depois, abra a caixa. Garanto que vai gostar do presente – disse o rapaz, levantando. – A gente se vê, Gizelda Valente.

Mas antes que ele fosse embora, Zelda o chamou.

– Caliel, é você mesmo que está me dando os presentes, não é?

Ele chegou bem perto dela.

– Você gostaria que fosse?

– Sim – Zelda respondeu, timidamente.

– Então te digo que sim. Fui eu que dei o espelho e trouxe esse outro presente. Eu disse que não era carteiro, né? – então passou novamente a mão no cabelo dela e foi embora.

Zelda teve vontade de ir atrás. De pedir o telefone dele, o e-mail. Mas não teve coragem. Se ele quisesse fazer isso, já teria feito, afinal. Que rapaz estranho era Caliel. Bonito daquele jeito, com uma voz que encantaria qualquer garota, por que tanta timidez? Desde quando ele gostava dela, perguntou-se. Se Caliel tivesse feito a mínima tentativa, Zelda o teria beijado, apesar de conhecê-lo tão pouco.

Caliel. Que nome diferente! Mas combinava com ele, Zelda ia pensando, a caminho de casa, tristeza esquecida.

Ao chegar, encontrou a mãe, que chegava do supermercado.

– Deixa que eu leve a cesta, mãe.

A mãe dividiu com ela as alças da sacola.

– Eu pego de um lado você de outro, Zelda.

– Não sei como você aguenta carregar esse peso, mãe. Por que não deixa pra fazer compras quando estou em casa?

A mãe estranhou aquela aproximação da filha.

– Você nunca se ofereceu pra nada. Só vive enfurnada no quarto ou com aqueles...

– Aqueles malucos de pedra, né, mãe? – interrompeu Zelda, dando risada e abrindo a porta da casa. – São boa gente. Você devia ir ver nosso jogo, um dia. Daí conheceria o pessoal.

– Quem sabe? Quem sabe? – respondeu a mãe, encaminhando-se para a cozinha.

Zelda estava louca para se fechar no quarto e ver o conteúdo da caixa que Caliel lhe dera. Mas aquela aproximação com a mãe era tão rara. E ela ainda havia aberto uma possibilidade de conhecer seus amigos do *Live Action*. Será que estava sonhando? Pensou a garota.

Beijou a mãe e, como dizia ela, enfurnou-se no quarto. Abriu a caixa num átimo. E lá estavam um porta-retratos e um bilhete.

Para você colocar sua própria foto, vestida de princesa Zelda. Depois, se olhar no espelho e ver que as duas são a mesma pessoa, inteligente e sensível.

Com amor e admiração,

Caliel.

O coração de Zelda descompassou. Acelerou, quis sair pela boca. Sua felicidade transbordou, inundou seu rosto de sorriso. Correu ao quarto do irmão e pegou um CD de *rock*. Deu vontade de dançar. Voltou ao seu quarto e ligou o som.

– Gilson, abaixa esse som! – berrou a mãe. – Ninguém aguenta.

– Não é o Gilson, mamãe; sou eu! – corrigiu Zelda, abaixando o som.

A mãe apareceu na porta do quarto da filha, incrédula.

– Ver para crer; como São Tomé! – disse ela à filha. – Seu irmão é que costuma ouvir essas músicas. Que te deu, menina?

Zelda puxou a mão dela. – Vem, mãe; entra no *rock* comigo!

– Estou com o arroz no fogo. Outra hora, me chama que danço. Saiba que fui uma ótima dançarina de *rock* na juventude! – então voltou para a cozinha, feliz da vida.

Enquanto a mãe matutava, Gilson chegou da rua. Ao ouvir o som do seu CD, nem se preocupou em perguntar nada; juntou-se à irmã, na dança. Pouco depois, o pai também apareceu.

– Que barulhada é essa, minha gente? – perguntou.

A mulher logo veio contar.

– São nossos filhos ouvindo *rock* e dançando. Precisa ver.

Zelda dançando *rock*? Que milagre era aquele? Há anos, ela só ouvia música *new age*.

–Com certeza Zelda se apaixonou por alguém. – disse a esposa. Só pode ser.

– Mas assim, de uma hora para outra? – questionou o pai.

– Sei lá! O que importa é que ela está mais feliz, mais próxima de nós. Pode ser paixão recolhida, não pode? Vai ver ela gostava de alguém e agora ele se declarou – completou a mãe, chamando a todos para o almoço.

Muitos dias se passaram depois do último encontro com Caliel. Zelda havia feito o que dizia o bilhete; colocado sua foto, vestida de princesa, no porta-retrato. Todas as manhãs, olhava-se no espelho e mirava o porta-retrato... Desejava, ardentemente, reencontrar Caliel. Por que ele não a procurara mais se sabia onde morava? Ele gostava dela; tinha dito, bem claramente, no segundo bilhete.

Sentindo-se a cada dia mais bonita e feliz, Zelda, nem de longe imaginava que grossas nuvens estavam prestes a desabar sobre ela.

Certa manhã, enquanto regava as plantas do jardim, uma vizinha abordou a mãe de Zelda. Perguntou como ela estava. Era a deixa para que a feliz mãe contasse das mudanças no comportamento da filha e até da sua desconfiança de um possível namorado.

Mas a vizinha, em vez de se congraçar com ela, advertiu-a: deviam observar melhor a garota. Dias atrás, quando caminhava no parque, a vizinha tinha visto Zelda, sentada em um banco, gesticulando e falando como se estivesse acompanhada. Mas estava só.

A mãe da garota sentiu o chão se abrir sob seus pés. Aguardou achegada do marido e então conversou com ele. A vizinha era pessoa amiga; conhecia seus filhos, desde pequenos. Jamais falaria algo assim de Zelda se não fosse verdade.

Durante o jantar, conversaram com a filha.

– Que absurdo é esse, mamãe?! – exaltou-se Zelda. – Quem é ela para dizer uma barbaridade dessas de mim?

– Calma, filha – interrompeu o pai. Nossa vizinha conhece você desde pequenininha.

– Isso não lhe dá o direito de falar o que bem quer. Traduzindo, ela insinuou que eu sou doidinha de pedra. É isso?

– Claro que não, Zelda! – tentou acalmá-la a mãe. – Quem sabe ela se enganou...

– Olha, eu não queria contar nada, mesmo porque ainda

não há nada de concreto; mas eu conheci uma pessoa. Um rapaz. O nome dele é Caliel e era com ele que eu estava no parque.

Dito isso, Zelda foi correndo ao seu quarto, e voltou trazendo o porta-retrato.

– Olha só, mamãe! Foi o Caliel que me deu, naquele dia, no parque. Vai lá e esfrega isso na cara da nossa vizinha!

Os pais olharam a foto, no porta-retrato.

– Por que colocou justo essa foto, fantasiada, filha? – perguntou o pai. – Você tem tantas outras lindas.

– Coloquei porque, além de o Caliel ter me pedido para fazer isso, é uma foto que tirei num momento muito feliz; junto dos meus amigos do *Live Action*.

O pai virou o porta-retrato de cabeça para baixo.

– Se é a foto que mais gosta, filha, que seja. Mas que esse tal Live Action é uma sandice, é.

– Deixe a menina! – pediu a esposa. – Zelda está tão feliz, ultimamente. Esse rapaz deve ser mesmo muito bacana. Ele também é da turma do jogo, filha?

Mas ela estava com a cabeça em outro lugar. Onde estaria Caliel?

– Zeldinha! – chamou a mãe.

– Hã...? – ela pareceu ouvir.

– Perguntei se o seu namorado é da turma do jogo – repetiu a mãe.

– Ele não é meu namorado. Nem da turma do jogo.

Dito isso, Zelda saiu da mesa. Tudo estava tão bem; que diabos tinha a vizinha que se meter na vida dela? Abriu a porta de casa e deu de encontro com o irmão.

– Onde vai, princesa Zelda?

–Respirar ar puro. Avise a mamãe.

Não tinha andado muito, quando sentiu uma mão cobrir seus olhos.

– Adivinhe se puder? – ouviu.

Seu coração acelerou. Era ele. Caliel. Aquela voz estava nos seus ouvidos, desde que a ouvira, pela primeira vez.

–Caliel?

– Eu mesmo, adivinhona! – disse ele, feliz, virando o rosto de Zelda e tirando a mão de seus olhos.

Ela não soube mais refrear seu ímpeto. Abraçou o rapaz, cheia de amor.

– Que bom, Caliel! Não sabe como eu estava com saudade de você.

O rapaz retribuiu o abraço.

– Pois eu estou aqui, Gizelda Valente – disse, todo sorridente. – Vamos dar uma volta; aí você me conta por que está triste, de novo – propôs.

Os dois caminharam e conversaram por muito tempo. Então entraram na sorveteria, próxima à casa de Zelda. Caliel procurou uma mesa, enquanto ela pedia um sorvete.

– Por que está tão calada, princesa? – ele perguntou.

– A gente conversou tanto, Caliel, eu te contei o que minha vizinha disse, e você não emitiu nenhuma opinião. Não disse nada, nem contra e nem a favor. Aliás, sabe que, de certo modo, minha vizinha tem razão. Você parece não existir. Do mesmo jeito que aparece, some. Me deu dois presentes, me escreveu dois bilhetes lindos, mas nem me pediu o telefone, nem me deu o seu.

Caliel pegou a mão de Zelda.

– Deveria ser mais adiante, quando você já estivesse mais forte e confiante, Zelda, mas, depois do que aconteceu, é melhor eu dizer logo...

– Zeldinha? – alguém chamou. – Zeldinha? –repetiu.

Zelda virou o rosto e deu de cara com o irmão e um amigo.

– O quê? – ela respondeu.

– Está tudo bem? – perguntou Gilson.

– É claro que está! E foi bom você aparecer. Este é o Caliel – disse, apontando para a cadeira ao lado da sua – como vê, ele existe.

O irmão e o amigo entreolharam-se.

– Zelda, não tem ninguém, aí na cadeira – disse Gilson.

A garota olhou para Caliel. Como que pedindo ajuda.

– Caliel, diga alguma coisa! Será possível? Que loucura é essa?

Caliel voltou a pegar a mão de Zelda, que desabou num choro convulso.

– Você também quer me pôr louca, é? O que é isso? Um complô?

– Zeldinha... – ela ouviu a voz do irmão – Vem, vamos pra casa.

– Me larga, Gilson! Caliel, o que está acontecendo?

– Zeldinha... Vem... – chamou novamente o irmão.

– Me largaaaa! – gritou Zelda, sendo segurada também pelo amigo de Gilson.

Começou a juntar gente na sorveteria. O gerente veio pedir que eles saíssem. Já não estava gostando, nada, nada, de ver aquela garota falando sozinha como se estivesse acompanhada. Mas gritaria e briga, não podia aturar mesmo.

Gilson e o amigo arrastaram Zelda, que gritava por Caliel.

Já era madrugada quando os tranqüilizantes que o médico receitara fizeram efeito. Zelda finalmente dormiu. O pai, a mãe e o irmão não conseguiram.

– Aquele maldito, mil vezes maldito jogo! Olha só o que fez com nossa filha! – disse o pai, acabrunhado, com o rosto escondido entre as mãos.

– Não pode ter sido o jogo. Zelda estava tão bem, tão feliz. – lembrou a mãe.

– Feliz com o quê? Com um namorado invisível? Ou será um fantasma? – voltou a falar o pai.

– A Zeldinha é gente fina. Só pode ser uma fase difícil da vida dela. Pode crer. – disse, ternamente, o irmão.

O pai passou a mão no rosto dele.

– Eu sei filho. Eu queria tanto saber chegar até a Zelda! Mas não sei. Talvez seja muito intransigente.

Gilson retribuiu ao afago do pai.

– Eu vou ajudar você e a Zeldinha a acertarem os ponteiros, pai. Deixa comigo!

O pai sorriu. Qualquer ajuda seria bem vinda. A felicidade da filha era o que importava.

O dia amanheceu cinzento. Parecia acompanhar o humor da casa. O café da manhã foi tomado a três. Zelda continuava dormindo.

– Me liga quando ela acordar – pediu o pai para a esposa.

– Ligo no intervalo das aulas para saber da Zelda. – disse Gilson.

Os dois saíram, deixando a mãe sozinha. Deu uma vontade enorme de ir ao quarto da filha. Beijá-la, dizer que a amava, que estava ali para o que desse e viesse. Tinha sido tão boa àquela manhã quando Zelda a ajudara com as compras e depois ficaram conversando. E vê-la dançando *rock*, feliz da vida!? Por que haviam se distanciado tanto? Por que cobrava tantas coisas da filha? Que mal tinha ela gostar de música *new age*, de usar *jeans,* de fugir das maquiagens, de jogar *Live Action*? O que seria do roxo se todos gostassem do amarelo? Por que precisava ter namorado naquele momento? Precisava era ser feliz. Cabia a ela, ao marido e ao filho ajudá-la. Mas como?

Os olhos de Zelda abriram, preguiçosamente. Aos poucos, deu-se conta do dia anterior; do acontecido na sorveteria, a chegada de Gilson com o amigo, o tumulto. Ouviu seus próprios gritos: "Caliel! Caliel!"

– Caliel?!

Sim, ele estava ali; sentado do outro lado da cama dela.

– Bom dia, Zelda. – disse, com aquela voz que tinha o dom de acalmá-la.

– Como entrou aqui? – ela perguntou ainda incrédula. – Minha mãe te viu?

– Não, Zelda. Só você, exclusivamente você, pode me ver.

Aquelas palavras deram um nó na cabeça da garota.

– O que está dizendo, Caliel? Vai me dizer que é um fantasma?; Por isso meu irmão achou que eu estava conversando sozinha, na sorveteria. Você é um fantasma, alma do outro mundo, alma penada? Que diabos é você, afinal?

– Eu sou um anjo, Zelda. Sou seu anjo da guarda.

O coração dela disparou, mais uma vez. De ódio.

– Pensa que eu sou idiota, Caliel? Anjo da guarda? Que absurdo! – e desatou num riso nervoso. – Anjo da guarda; só me faltava essa. Anjo da guarda – repetiu ela, pausadamente.– Isso mesmo, filha – interrompeu- a a mãe, entrando no quarto com uma bandeja de café da manhã. – Rezar para o seu anjo da guarda é o melhor que tem a fazer. Você anda cansada, querida. Depois que seu pai cortou sua mesada e você começou a fazer bicos, não tem mais tempo pra nada. Estuda, feito uma condenada...

– Mamãe – desta vez, quem a interrompeu foi Zelda – você está vendo alguém, neste quarto, além de mim?

A mãe pareceu não se espantar com a pergunta.

– Não estou vendo, Zeldinha, mas você estava chamando o seu anjo da guarda; logo, ele deve estar por aqui. Sim, porque eles existem, viu, filha. Existem e aparecem sempre que nos sentimos sozinhos. Eu acredito. Aliás...

Zelda parou de ouvir as explicações da mãe. Caliel continuava ali, sentado ao seu lado, sorridente. Que coisa! Ele tinha mesmo cara de anjo, voz de anjo. Desde o primeiro momento achara isso. Então anjo não era do jeito que a gente aprendia; com asas e camisolão branco? Caliel era um homem e ela o amava. Amava como nunca havia amado alguém. Daria tudo por um beijo dele.

– Vou até o supermercado, Zeldinha. Quer que eu traga alguma coisa gostosa? – perguntou a mãe, deixando a bandeja sobre a cama.

A mãe ainda estava ali? Ela só tinha olhos para Caliel.

– Zeldinha! – chamou a mãe.

– Sim, mamãe, pode ir. Traga o que quiser, que está bom.

Ficou novamente a sós com Caliel.

– Acredita agora, Zelda? – perguntou , pegando na mão dela – Sua mãe não pode me ver.

– Caliel, eu amo você – disse, impetuosamente, Zelda. – O que fez comigo? Por que apareceu para mim, do nada, só para me confundir. Despertou em mim um sentimento que nunca havia tido...

– Sentimento de felicidade, Zelda – ele disse. – Foi para isso que vim; para ajudar você a ser feliz.

– Não, Caliel – retrucou ela – despertou em mim o amor por você. E agora?

Caliel abraçou-a.

– Você quase acertou, Zelda; quase entendeu.

– Como assim?

– Eu vim para fazer despertar em você o amor, e não o amor por mim. Desde que nos conhecemos, você passou a se relacionar melhor com seus pais, a curtir a companhia do seu irmão, a ser mais agradável e simpática com as pessoas.

– Foi por que eu me apaixonei por você, Caliel. Por que estava feliz – disse Zelda, abraçando-o.

–Pois é; foi aí que eu errei – disse o anjo. – Fiz tudo o que tinha que fazer, só não consegui barrar meus sentimentos.

Zelda olhou nos olhos dele.

– Você também... se apaixonou por mim?

– Sim – ele respondeu, cabisbaixo. – Não posso dizer que sou humano, pois não sou. Mas misturei os sentimentos Zelda. Vim para lidar só com os seus, mas você me envolveu. Não devia ter deixado você me ver. Há muito tempo eu te observava, procurava uma forma de ajudá-la. Então me apaixonei; quis estar ao seu lado como homem. Saber que você me via e ouvia. Presenteá-la, sentir seu perfume, despertar em você o mesmo que eu sentia. Acabei atrapalhando sua vida mais ainda. Me perdoe, Zelda. Me perdoe se puder – silenciou Caliel, abraçando a garota.

Os dois ficaram um longo tempo assim, sentindo o pulsar aflito dos seus corações. Dizem que existe vários tipos de amor, mas aquele, que sentiam um pelo outro, era impossível, proibido.

Caliel beijou a testa de Zelda.

– Vou indo, Zelda.

– Vai indo pra onde? – Ela perguntou, querendo retê-lo.

–Para o lugar de onde vim. Com certeza terei muito que refletir. Mas levo comigo a certeza de que consegui, mesmo que da forma errada, tirar de dentro de você o sentimento de felicidade. Continue olhando o espelho e a foto da princesa Zelda, todos os dias. Elas são uma coisa só: você, uma pessoa maravilhosa. E pense em mim quando se sentir só. Eu virei para fazer companhia. Saber que está feliz diminuirá um pouco a minha culpa.

Uma brisa matinal pareceu esmaecer a imagem de Caliel.

– Caliel! Caliel! – ela chamou, em vão.

Ele desapareceu. Havia entrado, definitivamente, no coração de Zelda.

Um bom tempo se passou desde que Caliel partira. Zelda havia pensado o quanto tinha sido bom ele aparecer para ela. Problemas haviam surgido desde o episódio da sorveteria, com certeza. Os vizinhos falaram, cochicharam pelos cantos. Os colegas de escola fizeram piadinhas. Mas a família não. A mãe, o pai e o irmão a haviam cercado de todo carinho e cuidados. Confiando, apoiando. Aos poucos, o assunto morreu. O povo tem memória curta, como diziam.

Era sábado, dia de jogar *Live Action*, no sítio do amigo. Zelda apareceu na sala, carregando a mochila com a fantasia. O pai, que sempre encrencava com o jogo, nada disse, apenas piscou para Gilson.

– É hoje o grande dia, né, Zeldinha? – comentou o irmão, animado.

– É. Preciso estar confiante – a irmã respondeu, saindo.

O sítio estava enfeitado. Preparado para que aquele fosse realmente um dia de vitória. Quando Zelda chegou, todos os parceiros de jogo a cercaram.

– Vai confiante, princesa Zelda – disseram. – Não vamos deixar Ganon atrapalhar você.

Quando todos estavam devidamente trajados, a partida começou. No episódio daquele dia, a princesa Zelda teria que vencer vários obstáculos, escondidos entre as árvores do sítio. Não havia armas verdadeiras no jogo. Apenas pistas falsas, charadas, enigmas de difícil dedução, de um lado; e perspicácia, paciência e tenacidade, de outro. Se a princesa Zelda se saísse bem, provaria ser uma pessoa digna, justa e pura; pronta para receber os três triângulos da sabedoria.

Os primeiros obstáculos ela tirou de letra. Então foi avançando. Os parceiros, atentos, ajudavam-na nas soluções. Os inimigos, súditos de Ganon, procuravam confundi-la.

Horas se passaram naquela árdua tarefa. A princesa Zelda caminhava segura, até que um último enigma se apresentou. Ela não sabia a resposta. Pediu auxílio aos súditos, que não puderam dar. Ganon apareceu, ameaçador, dentre as árvores. A princesa titubeou, sentiu medo.

Mas, de repente, de trás de uma árvore, surgiu a mãe que lhe disse:

– Confiamos em você!

Saindo de outra árvore, Zelda pode ver Gilson, fazendo para ela um sinal de positivo.

E de uma terceira árvore, para sua surpresa, surgiu o pai, que lhe disse:

– Vai firme, princesa!

Gilson prometera e cumprira. Havia convencido o pai a apoiar a irmã, na batalha mais difícil.

Então, os três rodearam Zelda e juntos conseguiram desvendar o difícil enigma.

Triunfante, a princesa Zelda tomou nas mãos o Triforce da Sabedoria, há muito esperando por ela na Terra Dourada.

Depois, tudo foi festa. Música, comes e bebes, risos. Zelda era o centro das atenções. Feliz de novo, abraçou-se aos pais e ao irmão. Não sabia dizer o quanto era bom tê-los com ela, no jogo da vida. O resto, aos poucos, viria.

Adormeceu leve, naquela noite. Sonhou com Caliel. Onde estaria o amor de sua vida? Não demorou muito para saber. Quando entrava em seu castelo, carregando o troféu da Terra Dourada, uma voz terna e familiar lhe disse:

– Parabéns, Gizelda Valente! Você conseguiu.

Entre a luz e a escuridão

Flávia Côrtes

É preciso muito pouco para a vida de uma pessoa mudar drasticamente.

No caso de Clara, foi uma sequência de eventos. Primeiro o estrondo, um som ensurdecedor que fez seus tímpanos vibrarem; depois o imenso clarão, que quase a cegou; e finalmente aquele silêncio absoluto, que ela ironicamente tinha buscado por tanto tempo, mas que agora lhe parecia perturbador.

Poucos minutos antes, tentava esfriar a cabeça passeando pelos arredores da pousada. Caminhava segura, embora soubesse que talvez não fosse muito sábio andar sozinha àquela hora em um lugar quase selvagem, tendo ao fundo as encostas do Parque Nacional da Serra dos Órgãos.

Era madrugada e ela estava só. Absolutamente só. Não fisicamente, porque a mãe e mais uma dezena de outras pessoas dormiam na pousada naquele momento. Mas já fazia um bom tempo que se sentia assim. Enquanto a maioria das garotas de sua idade pensava em garotos e diversão, ela buscava conhecer a si mesma, na esperança de encontrar algo maior que pudesse justificar aquele imenso vazio e sua própria existência. Mas já havia procurado por toda parte sem resultado e agora não encontrava mais forças para lutar. Sentia-se cada vez mais sufocada. Era como se não pertencesse àquele mundo.

Nos últimos anos sua vida, vinha se complicando aos poucos e de maneira constante e já não via mais saída para o abismo profundo em que se metera. Desde o início do ensino médio que as coisas vinham se deteriorando, os laços de amizade, os interesses pelas coisas deste mundo. Ela sempre tinha sido uma garota diferente, mais introspectiva e observadora que as outras, e na verdade não desejava mudar isso, mas também não podia dizer que era feliz.

Desejava ardentemente encontrar alguém que a compreendesse e a aceitasse como era. Desde criança, e por muitos anos, achava que algo de especial estava reservado para ela. Algumas lembranças nebulosas de alguém encantador que teria conhecido no passado a mantiveram com essa esperança, mas onde ele estaria agora? Já não tinha mais tanta certeza se tudo não teria passado de um sonho. Talvez o futuro com o qual havia sonhado, do qual algum dia se achara merecedora, simplesmente não fosse possível.

Geralmente não se sentia atraída pelos interesses dos jovens da sua idade. Mas com o tempo até foi se ajustando e fazendo alguns poucos e verdadeiros amigos. Ao menos era isso que pensava, até sua "melhor amiga" humilhá-la na frente de todos durante sua festa de comemoração por ter passado no vestibular, ao anunciar que tinha roubado o seu namorado e que os dois viajariam como mochileiros para a Europa antes do início das aulas.

Era verdade que não gostava tanto assim do namorado e já vinha pensando em terminar aquilo há algum tempo, mas isso não deixava de ser uma traição. Fora os planos que as duas faziam há anos de dividirem um apartamento na faculdade, já que frequentariam o mesmo campus.

A ex-amiga e o ex-namorado, no entanto, não pareciam nem um pouco preocupados com os sentimentos de Clara e agiam como se ela não existisse. Foi como se o chão tivesse se aberto sob os seus pés. Mas agora tudo estava acabado e até o fato de não ter outros amigos tão próximos com quem dividir essas coisas pesavam muito mais.

É certo que as pessoas se aproximavam e até se consideravam amigas. Mas era ela quem tinha dificuldade de manter esses relacionamentos. Sabia que era ela quem afastava as pessoas, embora não soubesse exatamente o porquê.

Sabia que as pessoas a olhavam enviesado por ser tão diferente, por seu jeito estranho de se vestir, sempre de preto, cabelos tingidos da mesma cor. Mas não se esforçava para se adaptar, pelo contrário, fazia questão de continuar assim. Se era difícil ser diferente, pior seria render-se e adaptar-se ao coletivo, que tanto desprezava.

Seu relacionamento com a mãe também não ajudava. Eram muito diferentes uma da outra. A mãe levava uma vida preocupada com a saúde e o meio ambiente, causas que apesar de Clara considerar nobres, não a atraíam de forma nenhuma. Mantinham-se sempre um pouco distantes, embora tolerassem uma a outra e até se respeitassem de certa forma. Talvez por isso mesmo tinha aceitado o convite da mãe para um de seus retiros refazedores, como ela mesma os chamava. Agora estava ali, naquele lugar extraordinário e lindo, mas às voltas com programas de alimentação saudável e tratamentos alternativos. Justo ela, que adorava uma carninha de churrasco aos fins de semana...

Em poucos dias teria que se mudar, começar uma nova vida na Universidade, onde moraria sozinha até encontrar alguém de confiança para dividir o aluguel. Mas já não sabia se era isso o que queria. Desejava que algo diferente acontecesse e trouxesse sentido à sua vida. Estava cansada de tudo. De todos. E já havia cogitado mais de uma vez fazer uma loucura, desaparecer como se nunca tivesse existido.

Foi então que ele chegou. Confundindo sua cabeça... e seu coração.

Ignorando seu instinto de sobrevivência, envolvida por algum tipo de força superior que a impelia, ela correu em direção à luz.

Uma imensa cratera parecia ter sido marcada a ferro sobre a vegetação rasteira. E lá estava ela, ansiando imensamente pelo desconhecido. Do centro da cratera subia uma névoa que lembrava gelo seco. A adrenalina que naquele instante percorria suas veias não a deixava sentir medo, agia como um forte impulso que a levava cada vez para mais perto. Foi quando ela o viu, desacordado em meio à névoa.

Era jovem, talvez poucos anos mais velho do que ela. E bonito. Inacreditavelmente perfeito. O rosto parecia ter sido entalhado em mármore raro. Os cabelos eram pelos ombros, levemente ondulados, e da cor do âmbar. A boca era bem desenhada e carnuda. Seu corpo parecia emitir uma luz suave.

Não entendia o que poderia ter acontecido para ele ter surgido ali de forma tão inusitada. Desejou com todas as forças poder ajudá-lo. Aproximou-se lentamente e com dedos trêmulos tocou de leve em seu rosto. Ele abriu os olhos e sorriu. Ela o ajudou a erguer-se e a força de sua presença era tão forte que até hoje ela não é capaz de descrever os sentimentos que percorreram seu corpo e sua mente naquele instante.

Ele parecia um jovem normal, apesar do inusitado de parecer ter caído do céu. Usava um jeans desbotado, quase branco, tênis, blusa de malha e sobretudo brancos. Gosto estranho para cores, ela pensou. E por sua mente passou de relance a possibilidade de alguém todo vestido de branco cair do céu. Fez uma análise rápida, buscando alguma pista em seus arquivos mentais dos inúmeros filmes assistidos. Mas só uma coisa lhe vinha à cabeça. Ela estremeceu.

– Co... como veio parar aqui? – ela finalmente tomou coragem de perguntar, ajeitando nervosamente os cabelos atrás das orelhas.

Ele olhou para trás em direção à cratera, como se não soubesse do que ela estava falando. Aquele primeiro instante foi como uma eternidade, ele parecia ligeiramente confuso e desorientado. Olhava à sua volta como se fosse a primeira vez que estivesse ao ar livre ou a primeira vez que observava o mundo, como se isso fosse possível. Ela reparou que seus olhos eram incrivelmente claros, de uma cor indefinível, e mesmo sendo tão alto e forte, ele parecia incapaz de fazer mal a alguém. Por um instante ela teve a sensação de já ter visto aqueles olhos antes, há muito tempo atrás.

Aos poucos sua expressão se modificou e ele pareceu se recompor. Seu olhar era penetrante, quase invasivo, como se a estivesse analisando, como se fosse capaz de ler seus pensamentos. Ela se deu conta de que ele lhe dera um tempo para digerir o que se passava.

– Olá, Clara – ele finalmente falou, com sua voz grave e perfeita. – Me desculpe. Fazia tempo que não aterrissava por aqui.

Ela sobressaltou-se. Reconhecia aquela voz. Por um instante se distanciou do torpor que a visão da beleza dele lhe causava e percebeu que em seu coração havia um sentimento mesclado, entre medo e fascinação.

– Você se lembra de mim? – ele pareceu ansioso.

– Talvez. Mas não pode ser... – ela levou as mãos ao rosto, confusa.

– E por que não?

Ela não respondeu. Queria encontrar uma resposta, ter certeza do que realmente estava acontecendo, de quem ele realmente era. Talvez fosse a primeira vez em sua vida que ela não sabia o que dizer. Estava como que hipnotizada. E ele a olhava de uma forma estranha, diferente, como ninguém jamais a olhara. Como se nada mais existisse ao redor, além dela.

Experimentava ainda uma estranha timidez. E odiava demonstrar seus sentimentos, fossem quais fossem. Odiava ser exposta a olhares alheios. Odiava ser julgada. Odiava estar na posição na qual agora se encontrava. Frágil, confusa, indefesa. Precisava estar sempre no comando da situação para se sentir segura em seu mundo. Mas naquele momento era como uma menina novamente. Como há muito não se sentia. Como se sentiu no dia em que o pai tinha ido embora...

– Clara... – ele a tirou de seus pensamentos e a olhava como se fosse capaz de penetrar em sua mente.

Ela sentiu-se ainda mais indefesa. E se odiou por isso. Se por um lado queria lutar, como sempre fazia em situações constrangedoras como aquela, em que não estava no comando da situação, era incapaz de reagir, pois havia uma parte dela que estava gostando muito daqueles sentimentos conflitantes e confusos.

– Como você veio parar aqui? Caiu de uma nave espacial, por acaso? – ela ousou perguntar, mas teve medo da resposta.

– Não – ele sorriu com seus dentes perfeitos. – Eu não caí de uma nave espacial. Mas é verdade que vim de muito longe. Você precisa de ajuda e eu já estive distante por tempo demais. Pouco antes de minha chegada você alimentava ideias muito ruins. É tempo de mudanças. Todos passam por isso, mais cedo ou mais tarde, e não precisa ser assim tão difícil. Vim para ajudá-la a se encontrar. Você não pode desistir agora.

Clara não sabia o que pensar. Como alguém podia falar daquela maneira? Como se fosse capaz de decidir o que era melhor para ela. De certa forma ele era até arrogante, mas ela gostava disso. Não restava dúvida de que ele exercia um poder enorme sobre ela. Seu corpo reagia com mil impulsos diferentes, como se estivesse sob o jugo de alguma força que a impelia em direção àquele homem desconhecido e pelo qual, inexplicavelmente, ansiava há tempos. E por mais absurdo que fosse, sabia que de alguma forma podia confiar, pois sentia uma imensa paz ao seu lado, como há muito tempo não se permitia sentir.

– Estive sempre ao seu lado – ele disse de maneira envolvente e se aproximando de forma que ela pudesse sentir o calor de seu corpo e a intensa atração que ele exercia sobre ela.

Ele estava tão próximo que ela podia sentir até o seu hálito. Ela fechou os olhos esperando pelo que já considerava inevitável. Mas ele tinha algo diferente em mente. Com o dedo indicador tocou com firmeza o ponto entre suas sobrancelhas e foi como se um turbilhão a levasse para o centro de um tornado. Ela abriu os olhos e sua visão embaçou, como que envolta em névoa muito espessa e branca. Seus pés perderam o chão, seu corpo foi envolvido por um abraço suave e macio. Sua mente ficou vazia e ela se viu criança novamente, muito pequena ainda para compreender direito certas coisas. Estava em seu quarto, com a mãe consolando-a. O pai tinha ido embora e abandonado as duas.

– Tudo vai ficar bem, princesa.

Foi a primeira vez que sentiu o imenso vazio que a acompanhava desde então. A dor sufocante no peito, a respiração oprimida, o choro transbordante... e finalmente o sono refazedor, o sonho...

Sonhou que estava sozinha no mundo e à sua volta apenas o nada. Um vazio gigantesco. Olhou para o alto, como a buscar auxílio, e por entre as nuvens viu que um anjo descia dos céus para ajudá-la. Suas imensas asas muito brancas a envolveram num abraço protetor e ele falou, direto ao seu coração: "Clara, estou aqui por você. Não tenha medo de nada. Estarei sempre ao teu lado."

A imagem estava um pouco desfocada, o rosto era pouco mais que um borrão perdido em sua memória, mas aquele olhar era familiar.

Não houve tempo para raciocinar direito. Novamente o turbilhão e Clara sentiu-se mais uma vez completamente só. Era o primeiro dia de aula no novo colégio e ela estava apavorada. Um menino da sua idade sentou-se ao seu lado e sorriu. Um sorriso encantador. Ela olhou para trás a fim de ter certeza de que o sorriso era para ela. Sorriu de volta e sentiu-se confortavelmente acolhida. No recreio procurou por ele e foi encontrá-lo em um canto do jardim. Ao vê-la, ele sorriu e desapareceu por trás de um arbusto. Ela deu a volta, mas não o encontrou.

– Olá. – Ele surgiu de repente. – Sinto muito. Não quis te assustar.

Ele falava estranho. De um jeito adulto. Ela sorriu, tímida.

– Você é nova aqui, não é? – ele perguntou.

Ela fez que sim.

– Eu também. É ruim ficar sozinho, não?

Ela concordou.

– Já lanchou?

Ela balançou a cabeça negativamente.

– Vamos dividir? – ele disse, mostrando a lancheira que trazia na mão.

Ela sorriu.

– Você não fala muito, não é?

– Desculpa – disse ela. – É que eu não tinha nada pra dizer.

– Ah, tudo bem.

E aquele amigo especial a ajudou a se adaptar ao colégio, aos novos amigos, à nova vida. E quando ela estava o mais adaptada possível, ele veio com a triste notícia.

– Tenho que ir. Meu pai me chamou de volta. Eu só estava passando um tempo aqui, sabe? Moro com ele.

Ela ficou triste, não foi fácil deixar de tê-lo por perto. Mas os novos amigos a consolaram e logo os anos foram passando e a lembrança dele se apagando. Até aquele momento.

Como era mesmo o nome dele?

Ela esforçava-se para lembrar quando o turbilhão a levou novamente.

Como era mesmo o nome dele?

O redemoinho a envolveu, a névoa cobria novamente as lembranças, mas ela lutava.

Como era mesmo o nome dele?

Algumas cenas, então, se materializaram uma a uma por entre a névoa. O amigo correndo pelo pátio, o amigo consolando-a pelo joelho ferido, o amigo sorrindo para ela, se despedindo.

Como era mesmo o nome dele?

E ela triste, acenando um último adeus.

– Tchau, Daniel...

E o turbilhão a trouxe de volta ao terreno da pousada.

– Daniel! Não é possível! É você mesmo? – ela o abraçou com força.

– Que bom que se lembra de mim – ele sorriu. – Estou aqui novamente, como prometido. Porque mais uma vez você precisa de mim.

Era maravilhoso estar com ele novamente, mas não eram

mais os mesmos. Ansiavam um pelo outro não mais apenas como bons amigos. A proximidade dos seus corpos aumentava a temperatura ambiente em muitos graus. Ele tocou de leve os seus cabelos e com a ponta dos dedos tateou o contorno de seu rosto. Uma leve corrente elétrica percorreu o corpo de Clara. Seus lábios se encontraram, a princípio num beijo suave, depois mais intenso, como se há muito os dois ansiassem pelo reencontro.

O beijo terminou e eles continuaram abraçados. Clara se lembrou de seus pensamentos alguns minutos antes de encontrá-lo, e que agora pareciam tão insignificantes e distantes.

Ela voltou a se sentir hipnotizada por aquele homem misterioso, que chegara para desordenar seus pensamentos e lançar por terra suas convicções. Mas, estranhamente, nada mais importava além de estar ao lado dele aproveitando ao máximo aqueles momentos.

– Clara, eu vim por você e só por você. – Ele parecia bastante sincero e em nenhum momento ela duvidou disso. – O resto não mais importa.

– Do que está falando? O que não importa?

– Não se preocupe. Vem! – ele sorriu, estendendo a mão para que ela segurasse.

Ela reparou que ele tinha tatuagens nas mãos. Um cetro na esquerda e uma cruz na direita. Achou melhor deixar a dúvida para depois.

– Pra onde? – ela contestou, sem muita convicção.

– Confia.

Ela imediatamente segurou sua mão. Naquele instante, não queria pensar em mais nada, queria apenas seguir sua voz e olhar até o fim do mundo, se fosse preciso, e deixar-se levar pela intuição ao menos uma vez na vida. Sentiu-se envolvida por uma força invisível e reconfortante, o que de forma nenhuma a preparou para o que viria a seguir.

Daniel olhou para o alto, fazendo mentalmente uma súplica, e deixou revelar sua verdadeira origem, como se fosse a coisa mais natural do mundo. De suas costas surgiram duas magníficas estruturas que se abriram de par em par, e Clara levou menos de um segundo para entender do que se tratava. Asas. Imensas, brancas e imaculadas. Não restava mais dúvidas... Ele era um anjo! O mesmo anjo que a visitara quando o pai as deixou e que se tornara seu melhor amigo no colégio.

Num movimento rápido, ele gentilmente a abraçou e sem esforço, ou bater de asas aparente, a levou para cima como se ela nada pesasse. Clara estava meio entorpecida pela descoberta de sua angelitude, mas aceitava bem todas as novidades. Em um instante pairavam acima das nuvens, muito além da Serra dos Órgãos. A vista era deslumbrante, como de um cartão postal. Estranhamente ela não sentia frio, nem dificuldade alguma para respirar. Seus pés e pernas estavam firmes, como se pisasse sobre concreto invisível. Não houve tempo para protestos ou questionamentos. Ela imaginava que se aquilo tudo não passasse de um sonho, uma parte dela certamente não desejava mais acordar.

– Por que viemos até aqui?

– Eu queria lhe mostrar toda essa beleza de outro ângulo, para que entendesse que há muito mais no Universo do que você pode imaginar e que ficar sempre com esses pensamentos e atitudes negativas deixando que eles cresçam descontroladamente dentro de você não vai te levar a um bom lugar.

– É difícil lidar com isso. – Ela não sabia exatamente o que dizer.

Ele segurou suas mãos e a ajudou a sentar em um chão invisível, de onde se permitiram ficar observando a natureza na sua mais perfeita ordem.

– É maravilhoso poder estar com você mais uma vez – ele rompeu o silêncio. – Ainda que por pouco tempo.

– Por que por pouco tempo? Fica. – ela pediu, sem preocupar-se se pareceria desesperada demais.

– Fico por tempo indeterminado, enquanto você precisar de mim, mas sei que não será muito. – Ele a abraçou novamente.

– Então vou precisar sempre. Vou fazer todas as bobagens do mundo para precisar de um guardião em tempo integral – ela sorriu, matreira.

– Nem pense nisso!

– Você parece saber tudo sobre mim – ela mudou de assunto. – Me fala de você.

Ela queria saber sobre o seu anjo da guarda e ele parecia disposto a lhe dar muitas respostas. Seus olhos brilhavam animados quando ele começou a falar de si mesmo. Sobre coisas que ela jamais imaginaria existir. Explicou que os anjos se organizavam em nove hierarquias, e que cada uma delas era regida por um anjo principal, ou príncipe angélico. Cada uma dessas hierarquias possuía oito guardiões, e ele era um deles.

– Anjo e guardião. Não é tarefa demais? – ela sorriu, ainda temendo que tudo não passasse de um sonho.

Tornou a reparar nas tatuagens em suas mãos.

– Este é o símbolo da sétima hierarquia, à qual faço parte, a dos anjos Principados – explicou Daniel, percebendo seu olhar e curiosidade. – Venci muitas barreiras para chegar até aqui. Primeiro precisei convencer os meus irmãos, depois o príncipe dos Principados, e por último o mais sábio e experiente de todos os anjos, o príncipe dos Serafins, a hierarquia mais próxima de meu Pai. E não foi fácil provar a ele que minha decisão é acertada. Nem sei se o consegui realmente, mas aqui estou.

Ela sentiu um frio na barriga. Ele deveria ser doido para se arriscar assim. Mas por que ela não conseguia reagir? Queria acabar com aquela conversa maluca e sair correndo dali, mas alguma coisa a impedia e a segurava no mesmo lugar, perdida na profundidade do seu olhar e no som tranquilizador da sua voz. Já não queria mais lutar, apenas deixar-se levar por aquele sentimento.

– Eles não entendem como pude me deixar envolver pelos interesses humanos, como posso ansiar por coisas que para eles estão muito abaixo de nossa linhagem.

– Pois eu também não entendo... – ela sussurrou, sem muita certeza.

– Eu expliquei que não era minha intenção, que a princípio eu me sentia apenas tocado pelos sofrimentos humanos e desejava ajudá-los, encarando cada um como uma simples missão. A de ajudar seres ainda primitivos, enraizados no mal e nos vícios, com alguns poucos exemplos de redenção e renúncia em prol de seus semelhantes. Realmente muito poucos, ainda hoje, estão em sintonia com o plano mais alto, com os círculos angélicos ou mesmo com meu Pai.

– E por que você mudou? – ela queria ouvir a resposta, mesmo sabendo qual seria.

– Porque fui designado como seu guardião, Clara. E daquele dia em diante eu nunca mais fui o mesmo.

O coração da garota pareceu parar por um instante e ela contemplou mais uma vez aquela cena tão surreal: aquele anjo que caíra do céu por sua causa estava agora ali, ao seu lado, com suas belíssimas asas abertas como que a abraçar o mundo inteiro. Era demais para alguém acreditar, mas ela não queria pensar nisso por enquanto. Apenas aproveitar o instante.

– É melhor voltarmos, não acha? Daqui a pouco vão sentir sua falta na pousada. Não quero que seja prejudicada.

– E o que vamos fazer com você?

– Bom... eu vim para ficar. Meu tempo é indeterminado. Tão logo termine a minha tarefa, tenho que ir. Mas, por enquanto, estou livre.

– E como é essa sensação?

– Realmente incrível! – eles riram juntos. Ele a ajudou a se levantar e lhe deu mais um beijo antes de descer para a pousada.

Ela inventou uma desculpa para que ele fosse recebido como hóspede naquela noite, mesmo sem dinheiro, e foi com facilidade que conseguiu um quarto, para sua surpresa. Assim, de anjo ele se tornou um montanhista perdido, necessitado de ajuda. Aparentemente isso era corriqueiro por ali, já que a dona da pousada e os hóspedes costumeiros de nada se espantaram, sequer fizeram muitas perguntas, o que para ela tinha sido um bônus, pois receava ter que inventar uma desculpa complicada e revelar seu segredo de alguma forma.

Os dois não se separaram mais. A mãe de Clara logo se afeiçoou a ele e não os incomodava, já que não tinha mesmo muito tempo livre. Passava os dias e noites, como a maioria dos outros hóspedes, às voltas com dezenas de terapias holísticas e espirituais.

O que parecia ser as férias mais difíceis de sua vida se tornara dias renovadores para Clara. Ao lado de Daniel ela redescobria a alegria de viver, sem se importar tanto com as preocupações que normalmente não saíam de sua mente.

Os dias seguintes passaram voando, como passam os dias para um casal apaixonado. Ele ia aos poucos explicando a ela as peculiaridades de sua vida angélica e ela se surpreendendo ao descobrir que a vida de um anjo não era tão perfeita quanto imaginara, e que ele era, assim como ela, dotado de sentimentos opostos e conflitantes também.

– Não é fácil seguir sempre as regras e agradar a todo mundo, Clara. Nem mesmo para mim. Mas com algumas coisas não podemos realmente lutar. São fatos concretos, e você pode chamar de destino. Deles devemos tirar o maior proveito possível.

– Destino? Você quer dizer que todas as coisas ruins que acontecem são destino e devemos nos conformar com isso? Não está certo!

– Eu não disse isso. Quis dizer que às vezes, algumas coisas precisam acontecer e não temos como impedir. Simplesmente acontecem.

Ele passou a mão pelos cabelos dela, seu rosto aparentava uma imensa tristeza. Clara sentiu o coração acelerar e teve medo, mas não sabia bem do quê.

– Não sei se entendo. Às vezes você parece que está me escondendo algo.

– Não se preocupe com isso agora – ele esquivou-se, como fazia todas as vezes que as dúvidas surgiam, apagando o receio com um beijo apaixonado.

E foi assim que ele chegou, como um turbilhão, mexendo com toda a sua história, sua vida. Apesar de tão opostos, sentiam urgência e uma forte necessidade de estarem juntos a qualquer custo. Era como se um completasse o que faltava ao outro, como se um só existisse por causa do outro. Como o yin e o yang, o branco e o preto, a luz e a escuridão. Um dependendo do outro para ser inteiro.

– Por que você veio? – ela perguntou, se ajeitando na rede da varanda onde haviam passado boa parte da manhã.

– Por você. Já disse – ele brincava com uma mecha dos cabelos dela. – Fui designado para protegê-la à distância, mas com o tempo foi ficando mais e mais difícil me manter afastado, e por isso insisti junto às esferas superiores para que me dessem permissão para ficar na Terra.

– E foi assim tão fácil conseguir?

– Sim. De acordo com as circunstâncias...

Um clima estranho se fez entre os dois. Ela sabia que ele tinha falado demais, que havia algo que ele queria esconder. Mas sabia também que não adiantava insistir. O jeito era deixar o tempo passar e ir tirando aos poucos as informações. O que ela mais temia era que o dia dele ir embora chegasse, mas lutaria com todas as forças para convencê-lo de ficar ao seu lado. Para sempre.

Os dias passavam, as férias iam terminando e a hora de deixar a pousada e ir para a Universidade chegando. Eram dias tranquilos ao lado do novo hóspede, que parecia encantado como se vivenciasse tudo aquilo pela primeira vez. Eles quase nunca se separavam, a não ser quando era hora de Clara dormir. Por ela, nem assim se desgrudariam, mas embora tivesse liberdade para escolher o que fazer com seu corpo, e sua mãe fosse muito aberta em relação ao assunto, achava que dormir com um montanhista que havia acabado de conhecer seria um pouco demais.

Mas eles sempre arranjavam uma maneira de estar sozinhos, mesmo durante o dia, em algum lugar da pousada ou em um dos redutos naturais e convidativos da região.

Não foi difícil que os hóspedes e funcionários da pousada fossem cativados por ele. Para pagar por sua estadia ele retribuía com aulas de relaxamento e meditação para um grupo que estava disposto a conhecer sua técnica muito peculiar, diferente e muito mais eficaz. Nessas horas, Clara preferia se afastar e aproveitava para tomar um banho ou descansar.

Às vezes alguns pensamentos angustiantes vagavam por sua mente e ela voltava a entrar no abismo de ideias desconexas e perturbadoras em que se encontrava quando ele tinha chegado. Perguntava-se como um anjo poderia querer estar ao seu lado. Mesmo sendo seu anjo guardião, eles não pertenciam ao mesmo mundo. Não merecia aquele amor. Ele era a luz e ela vivia em completa escuridão. Significava que para uma existir precisava anular a outra.

Clara era assim, costumava boicotar sua própria felicidade. Mas ele percebia quando ela começava a se deixar levar por esses pensamentos e a tirava do abismo o quanto antes, com seu magnetismo encantador e, é claro, muitos e muitos beijos.

– Por que insiste em ficar aqui? – ela disse, num repente. – Não vê que isso é impossível? Somos tão diferentes... olhe pra mim! – estava, como sempre, vestida de preto, com suas pesadas botinas em estilo militar, e ele de branco. Era curioso de se ver.

– E as coisas não podem ter um meio termo? A luz e a escuridão se completam. Um não existiria sem o outro. E quem disse que o escuro é mau? Isso é uma questão de percepção. Tudo tem um lado bom e um lado ruim. Todos temos. Mesmo eu não sou perfeito. Veja, me apaixonei por uma humana... – ele falou em tom de brincadeira.

– Viu? Sou má influência. Levo até um anjo para o mau caminho – ela fez beicinho.

– Não há mau caminho ao seu lado, Clara.

Ela ainda tentou dizer algo, mas ele calou sua frase em seus lábios.

Aos poucos Clara foi se modificando, se deixando levar apenas pelos momentos felizes ao seu lado e conseguindo se alegrar com as pequenas coisas que os outros hóspedes da pousada, como sua mãe, se ocupavam. Divertia-se com outras pessoas além de Daniel e passou a participar das aulas que ele dava às tardes.

Ao cair da tarde do penúltimo dia de férias, se afastaram dos demais hóspedes da pousada, caminhando pela trilha íngreme que já tinham feito tantas vezes na última semana, a preferida dos dois para observar o sol se pôr e se aconchegarem nos braços um do outro. O céu já atingia sua coloração alaranjada e quente. A vista do alto da trilha era de tirar o fôlego. A vivacidade da floresta da área de preservação ambiental, em contraponto com a altivez dos inúmeros picos rochosos que formavam o maciço de montanhas, era quase uma obra de arte.

– Engraçado... – Clara focava o infinito.

– O quê?

– Você sabe por que essa cadeia de montanhas é chamada de Serra dos Órgãos?

Ele não respondeu. Parecia triste, distante. Ela falava sem parar.

– Dizem que os primeiros navegantes que avistaram essa serra de longe a nomearam assim porque ela fez com que se lembrassem dos tubos dos órgãos musicais das antigas igrejas católicas.

– E o que há de engraçado nisso?

– Bom... não exatamente engraçado, mas curioso. E... você é um anjo e está aqui agora.

Ele estendeu suas asas. Clara perdeu o fôlego por um instante. Sentia sempre um arrepio quando ele fazia isso.

– Clara, você não nota nada de diferente nessa paisagem de hoje? – ele perguntou enigmático.

– Agora que você mencionou, achei tudo mais bonito hoje, sim. Por quê?

– Observe. Não é só isso que está diferente.
– Não estou gostando desta conversa...
– Lembra quando eu te disse que eu não ficaria aqui para sempre?
– Espera, tem mais! – ela se esquivou. – Está vendo aquele pico, o mais pontiagudo de todos?
– Sim – ele concordou, passando o braço por cima de seu ombro, aconchegando seu corpo junto ao seu.
– É o pico Dedo de Deus.
Ela dobrou o braço e fechou a mão, deixando o dedo indicador esticado, apontando para o céu, diante do Dedo de Deus, para mostrar a semelhança dos contornos.
– E o maior de todos os picos é a Pedra do Sino. Como sino da igreja. Entende? Anjo, sino, igreja... Não é muita coincidência? Não foi à toa que resolvi acompanhar minha mãe desta vez.
Ele segurou seus ombros e a virou de modo que seus olhos ficassem frente a frente.
– Clara, o que eu estou tentando te dizer é que aconteceu uma coisa hoje à tarde na pousada, enquanto você descansava na rede. Lembra-se?
A garota apenas franziu as sobrancelhas.
– Olhe bem pra você. Não percebe que algo mudou?
Ela se assustou ao perceber que ao invés das rotineiras roupas pretas estava completamente vestida de branco, como ele. Um lampejo de memória a fez rever a cena anterior, antes de ele convidá-la para subir a trilha. Mas não era uma lembrança comum, era algo como uma cena de filme, cuja protagonista era ela mesma.

Deitada na rede, Clara cochilava quando Daniel a chamou.
– Vem, Clara. Está na hora.
Ela abriu os olhos e sorriu.
– Na hora de quê?
– De viver o seu destino – ele respondeu.
Ela lhe deu a mão e levantou-se para segui-lo. Mas não foi o seu corpo que se levantou. Outra Clara, sua alma, deixou o corpo na rede e o acompanhou na subida da trilha.

Ela se viu novamente ao lado de Daniel, diante de toda a beleza da Serra dos Órgãos, agora descoberta para ela em sua mais pura beleza. E não foi medo o que sentiu. Era como se já soubesse o que tinha acontecido e estivesse apenas se permitindo um tempo para entender perfeitamente. Mas sentia-se segura por ter Daniel ao seu lado naquele momento.

– Então... eu morri? – ela perguntou.

Ele assentiu com a cabeça.

– Está mais viva do que nunca – ele disse.

Ela suspirou profundamente.

– Engraçado que quando mais desejei viver, foi que consegui meu antigo objetivo. Me livrar do mundo. Ou melhor, livrar o mundo de mim. Por que então você veio? Não teria sido mais fácil me deixar terminar com tudo e nos encontrarmos logo de uma vez?

– Não, Clara. Será que você não entende? Lembra-se que eu te disse que tudo tem um objetivo? E que existem coisas pelas quais não podemos lutar, porque são fatos, são leis imutáveis da natureza?

– Sim.

– Então, essa é uma delas. Só agora você entendeu o valor da vida e só então você está pronta para deixá-la. Se tivesse forçado sua partida antes do tempo, teria quebrado as regras, ido contra as leis universais que regem este planeta, e isso só ia acarretar em um desastre sem volta. Você estaria condenada ao limbo dos suicidas. Um lugar ao qual nem eu posso entrar. E estaríamos separados para sempre.

– Foi para isso que você veio, então? Para me impedir de fazer uma loucura e me ajudar a passar por essa transição?

– Sim – ele estava contente por ela ter entendido.

– E por que você não me disse o que ia acontecer, para que eu me preparasse e me despedisse?

– Porque aí EU estaria quebrando as regras.

Emoldurados pelo pôr do sol e pela natureza deslumbrante, o anjo abraçou a garota pela cintura e seus lábios se encontraram num beijo suave. A seguir subiram juntos e de mãos dadas em direção ao infinito.

Um cara como o Colin Firth

Julianna Steffens

O eco de "Bem vindo ao Grease, pode me chamar de Bete, eu terei o prazer de atendê-los nesta noite supimpa" simplesmente não sai da minha cabeça, apesar do meu turno ter terminado há horas. É muito brega, eu sei! O Grease é uma lanchonete inspirada nos anos 60, uma mistura do filme "Grease – nos tempos da brilhantina" com aquele episódio de "Friends" em que a Monica tem que trabalhar numa lanchonete andando de patins. Aliás, tenho certeza absoluta que é por causa daquele episódio, porque sim, eu tenho que vestir uma fantasia horrenda (saia de bolinhas, lenço no pescoço e rabo de cavalo com fita) além do pior par de patins *ever*, já que para alguém com ZERO coordenação motora, qualquer patim é uma arma de destruição em massa.

Trabalhar servindo mesas não é uma grande ambição, mas estar no ensino médio não é algo que te leve para empregos de ponta. Apesar de tudo, até que eu gosto dele, já que posso passar a noite batendo papo com Luci, minha melhor amiga, e também... bem não consigo pensar em outro ponto positivo no momento.

Acho que não me apresentei ainda, meu nome é Elizabeth, mas todo mundo me chama de Bete. Afinal de contas Elizabeth parece nome de alguém que já nasceu idosa. Tudo culpa da minha mãe que passou a gravidez viciada em leituras de romances de época e me deu o nome de sua heroína favorita, Elizabeth Bennet de "Orgulho e Preconceito". O que não seria muito ruim se eu tivesse um cara como Mr. Darcy gamado em mim (como o Colin Firth pelo menos uns 20 anos mais novo claro, porque senão seria nojento). O vício por leitura é a única coisa que tenho em comum com minha mãe. Para falar a verdade, é o único tópico seguro de conversa com ela. Criticando um livro, ela direciona a raiva para o autor e não para mim. Não que eu não seja uma filha exemplar, sou quase. Não tenho culpa se pareço um imã gigante de confusões e que minha mãe tenha virado amiga íntima da diretora do colégio, de tantas vezes que foi chamada na sala dela.

O motivo de ainda estar acordada é que aconteceu algo realmente estranho durante o trabalho, hoje. A noite estava sendo particularmente chata, e Luci saiu com os seus pais para uma festa de família, enquanto eu fiquei morrendo aos pouquinhos. Sexta-feira não é simplesmente o pior dia da semana, ele é o PIOR dia da semana. Cheio e barulhento seriam eufemismos para o inferno que se torna aquele lugar. Parece que ninguém tem nada de interessante para fazer além de tomar milkshakes e comer batatas fritas. Até as garotas populares, as magrelas que vivem contando calorias, não conseguem resistir a um super lanche (mesmo que algumas delas façam viagens muito suspeitas ao banheiro logo em seguida). E como vocês podem imaginar, atender as "flores de formosura" é tão agradável quanto depilar a virilha com cera quente. Seus pedidos são seguidos por uma lista de recomendações tão grandes quanto seus egos inflamados. O pior é que cada recomendação vem seguida de uma explicação absurda.

Lá estava eu com uma bandeja lotada de pedidos quando uma loura metidinha reclamou que haviam colocado catchup no seu lanche e que ela não come catchup porque ele fica grudado por semanas na parede do estômago. Assim que me virei, tropecei no pé de um cliente, tudo culpa dos patins. Mas, milagrosamente eu não cheguei a levar o tombo gigantesco que minha mente tinha previsto em apenas um segundo. Eu já podia me ver espatifada no chão quando senti alguém me puxando levemente pelo rabo de cavalo. Virei automaticamente meu rosto para ver quem tinha sido o benfeitor pouco ortodoxo e me deparei com o cara mais lindo que já tinha visto na face da terra. E quando eu digo o cara mais lindo da face da terra eu digo *Ryan Reynolds em "Três vezes amor" encontra Brad Pitt em "Encontro Marcado" encontra Colin*

Firth em "Orgulho e Preconceito" (pelo menos uns 15 anos mais novo). Ele tinha lindos olhos azuis que pareceram super assustados quando olhei diretamente para ele. Mal tinha conseguido ficar de pé quando Maria (a gerente chata do Grease) começou a berrar comigo para limpar a sujeira no chão. Juro que me distraí só por um instante, mas quando virei meu rosto para dar uma checada no deus grego, percebi que ele tinha sumido.

E com o Grease lotado, não consegui descobrir onde ele tinha se metido. Será que além de atrapalhada eu agora andava sonhando acordada? Como posso conseguir descrever os mínimos detalhes de um cara que eu vi por no máximo cinco segundos? Poderia ficar horas falando do seu cabelo loiro tão brilhante quanto os de propaganda de condicionador, seus olhos azuis tão profundos quanto o oceano ou de como mordeu seu lábio de leve demonstrando surpresa quando me viu encarando-o. Não consigo tirar da cabeça a pergunta que não quer calar: Quem é esse cara afinal?

Ele não estuda na minha escola, senão eu saberia. Aliás, a Escola Candido Portinari é a única com ensino médio em quilômetros.

Você deve estar pensando que moro num fim de mundo, mas não é bem assim. Meu bairro fica no norte da ilha próximo às praias mais badaladas, a 35 minutos de carro do centro de Florianópolis, onde tudo de bom e divertido acontece. Se a família dele tivesse se mudado recentemente eu também saberia, já que as notícias correm rápido por aqui. Digamos que fofocar é algo que está no código genético dos "manezinhos da ilha". Se estivéssemos na alta temporada, poderia dizer que ele veio passar as férias nas nossas praias ou é um surfista metido a besta. Não que eu tenha algo contra surfistas, eles simplesmente não fazem meu estilo.

Além do mais, a pele dele é muito clara para ser a de um surfista. Nem todos os protetores solares do mundo seriam capazes de mantê-la daquela forma se ele pegasse ondas todos os dias. Era um branco marfim que combinava perfeitamente com seus cabelos dourados. Ai meu Deus, para tudo! Eu não acredito que acabei de pensar nessa frase piegas. Está parecendo um daqueles romances açucarados que minha mãe gosta e que eu só leio para agradá-la (principalmente quando fiz algo muito ruim e preciso urgentemente me redimir).

Existe sempre a possibilidade de ele ser um sortudo morador do centro da cidade. Aí fica difícil de descobrir alguma coisa, porque Floripa não é tão pequena quanto parece.

Então, se ele for um garoto do centro eu estou ferrada. Nunca mais irei vê-lo (o que me dá um aperto gigantesco no peito) e nem ao menos vou saber seu nome. Ele será na minha memória o deus grego a la *Ryan Reynolds encontra Brad Pitt encontra Colin Firth* (10 anos mais novo). Sei que estou parecendo uma adolescente clichê dramática e histérica, mas o que eu posso fazer, são os hormônios, ou feromônios, sei lá!

Adormeci pensando nele e acordei agitada. O danado invadiu até o meu subconsciente. Não é possível! Eu vi o tal garoto apenas de relance e mesmo assim ele apareceu nos meus sonhos. Aliás, que sonho! Meio bizarro e cheio de detalhes, daqueles que realmente parecem reais. Lembro que estávamos em um grande salão que parecia um terminal de aeroporto. Pela grande janela podíamos ver um céu azul claro, mas de onde eu estava, não conseguia ver de qual cidade. Estávamos claramente nos despedindo como namorados. Por algum motivo eu iria fazer uma longa viagem e não estava nada feliz com isso. Via as lágrimas correndo pelo meu rosto, e seus gestos tentando me consolar.

– Não se preocupe, estaremos juntos novamente em um piscar de olhos, e talvez desta vez pela eternidade. Então, aproveite esse tempo da melhor maneira possível e não se preocupe. Estarei aqui te esperando.

Eu chorosa e inconsolável murmurava palavras incoerentes...

– Promete que estará sempre comigo? Promete que essa será a última vez?

– Você sabe que estarei com você a cada segundo, e por mais que você não consiga me ver, saiba que estarei ao seu lado vinte e quatro horas por dia. Estarei te guardando como se fosse o último suspiro de toda minha existência.

– Promete que não vai olhar para nenhuma sirigaita de asas?

Pois é, também achei o papo piegas, daqueles de filmes melosos em que a mocinha tem uma doença terminal, mas quem sou eu para falar algo? Afinal, era um sonho. E neste momento eu (no sonho) choro cada vez mais histérica, o que faz os outros passageiros olharem para mim incrédulos e ao mesmo tempo de uma forma tão calma que chega a ser estranho. Então o deus grego, até então acariciando o meu cabelo, fala:

– Você é para mim a mais angelical e nem por um segundo conseguiria olhar para outra. – Ele olhou no relógio e me faz uma cara pesarosa. – Está na hora. Estarei ao seu lado em segundos. Te amo.

E assim eu acordei com as lágrimas nos olhos, exatamente da forma em que estava no sonho. Sádico, né? O sonho parecia tão real que eu fiz o que sempre faço quando estou agoniada. Vesti-me rapidamente, olhei no relógio que marcava seis horas da manhã (num sábado, isso significa que dormi apenas 4 horas), peguei uma bergamota e escrevi um recado para minha mãe no bloquinho que deixamos grudado na geladeira: "Vou à praia, volto para o almoço". Peguei minha bicicleta e parti para o meu recanto preferido na Lagoinha, que nesta época do ano fica deserta.

Só de sentir as rajadas de ar com cheiro de mar nos meus cabelos, pude sentir meu ânimo renovado. Eu posso reclamar de morar longe, mas eu realmente amo a tranquilidade e a beleza que esta praia tem durante o inverno. Eu conheço cada curva e caminho, e logo cheguei ao final da praia. Encostei minha bicicleta na árvore de sempre e parti para minha pedra preferida, que, apesar do meu histórico de atrapalhada crônica, fica bem no topo de um pequeno rochedo situado entre o final da Praia da Lagoinha e o início da Praia Brava.

Sentei-me de frente e fiquei observando o mar, bastante agitado. Pensei novamente no que me havia levado até ali. Por que este garoto não sai da minha mente? Parece que grudaram o danado com Super Bonder! Será que eu já o conheci antes? A esta última pergunta, respondo que não. Sempre me gabo da minha memória, principalmente para Luci, que tem dificuldade em decorar as coisas para as provas. Aliás, preciso contar para ela sobre o garoto misterioso. Tantas coisas passaram por minha cabeça que eu me desliguei e, quando me dei conta, o sol estava a pino. Já estava na hora do almoço e eu precisava voltar para casa.

Apoiei-me para me levantar, meio desajeitada, meio zumbi e caí. Tudo aconteceu muito rápido. Eu me vi escorregando pedra abaixo. O que não era uma boa coisa, já que ela ficava a uma altura relativamente grande do chão repleto de pedregulhos. Isso sem contar as grandes ondas que os açoitavam. Mal tive tempo para pensar "Merda, isso não tá acontecendo comigo" quando alguém segurou o meu braço. Virei meu rosto em direção ao meu mais novo salvador, mas a princípio não consegui identificá-lo por causa do sol acima de nossas cabeças.

Assim que me dei conta de quem era, fiquei de queixo caído. Era o mesmo deus grego. E desta vez não o deixaria sumir sem uma boa conversa.

– Obrigada, meu salvador particular!

Ele me olhou um pouco menos surpreso do que no último encontro.

– De nada, garota atrapalhada que vive se metendo em perigo.

E eu continuei.

– Nem tive a oportunidade de lhe agradecer na noite passada, você praticamente sumiu no ar.

Ele falou meio embaraçado.

– É que eu tinha um compromisso!

– Ah, tá. Sua namorada deveria estar no carro esperando os lanches. Acertei?

Ai, meu Deus, o que deu em mim? Por que estava falando coisas sem sentido, parecendo a Glenn Close naquele filme velho da "Tela Quente"? Por sorte, ele respondeu rápido, acabando com o meu constrangimento.

– Não, eu estava atrasado, precisava deixar meu irmão na rodoviária.

Eu mudei de assunto rápido para não parecer ainda mais enxerida.

– Ah, que legal. Meu nome é Bete, quer dizer, Elizabeth, mas todo mundo me chama de Bete – disse eu, extremamente nervosa.

– O meu é Elijah. Prazer em conhecê-la. – Ele fez uma pequena reverência como se fosse uma piada.

– Que nem o cara que fez o Frodo no "Senhor dos Anéis".

Pelo visto, ele não entendeu lhufas.

– Seu nome é igual ao do ator que fez o Frodo na trilogia do "Senhor dos Anéis". Sabe?

Ele ficou me olhando como se eu fosse de outro planeta.

– Frodo, Anel, Gandalf, Gollum, "*my precious*".

Putz, paguei um micão de fazer uma imitação, e ele nada.

– Deixa pra lá, acho que você não gosta de cinema, né?

– É, pode-se dizer que não é a minha praia.

Ele é surfista, não acredito. Por favor, Deus não o deixe ser um surfista maníaco por tofú.

– Então você gosta de surfe?

– Acho bonito ver de longe, mas nunca tentei. E você? Cadê sua prancha?

– Não, não eu também não surfo.

– Então o que está fazendo por aqui, além de me salvar?

– Andando para conhecer a região. Pensei em ultrapassar as pedras dessa vez.

– Do outro lado é a Praia Brava, por isso o mar aqui é mais agitado no que no resto da Lagoinha. – expliquei como conhecedora do lugar. – Você está se mudando para algum lugar aqui perto?

Perguntei como se fosse uma investigadora em meio a um interrogatório. Ele demorou em responder um pouco essa, então começamos a descer pelas rochas.

– Pode-se dizer que sim.

Então rebati rápida.

– Geralmente sabemos rápido quando alguém vai se mudar para cá. É o tipo de noticia que se espalha num piscar de olhos. Principalmente no inverno.

– No verão os moradores não fofocam por causa de alguma regra? – falou ele em tom de brincadeira.

E rindo, respondi.

– Não, é que no verão recebemos milhares de novos moradores, mas são sempre temporários que vêm passar as férias na praia. No verão, o tipo de fofoca é outra.

– Então podemos dizer que fofocar é a maldição local. – disse ele com o maior e mais lindo sorriso do mundo.

Ao terminar de falar, percebi que já estávamos parados em frente à minha bicicleta. Então perguntei para ele que horas eram. Ao vê-lo olhar para o seu pulso esquerdo, percebi algo estranho. Mas quando ele falou que já eram 13h30, só consegui falar:

– Putz, estou uma hora atrasada para o almoço, minha mãe vai me trucidar. Te vejo por aí, Elijah?

Ele fez que "sim" com a cabeça, ostentando um sorriso de deixar qualquer uma de pernas bambas. Tenho que admitir:

foi difícil me equilibrar na bicicleta, apesar de poder fazer isso de olhos fechados. Minha cabeça estava tão leve e animada por causa do encontro que cheguei a casa em tempo recorde. Assim que entrei na sala, vi minha mãe apontando para seu próprio relógio e falando:

– Elizabeth, são 13h30 da tarde, você está mais do que atrasada para o almoço.

Recebi a bronca de boca fechada, indo com ela para a mesa posta. Então, de repente, hipnotizada pelo relógio rosa choque da minha mãe é que percebi o que havia de estranho no relógio de Elijah. Ele era exatamente igual ao relógio que vi em meu sonho.

Tentei me concentrar no almoço, e bater um papo com minha mãe. Sabe como é, para me desculpar. Ela logo esqueceu que estava brava comigo, é o seu jeito. E neste momento, ela me contava animada sobre a sua leitura, uma mistura de romance adolescente com ficção científica. Enquanto ela tagarelava animadamente sobre a trama central, meu pensamento ia longe. Estava tentando me lembrar se no Grease, eu tinha reparado no relógio dele, mas não conseguia ter certeza. Eu só o tinha visto de relance, e digamos que me concentrei em detalhes mais importantes, tal como o cabelo, os olhos e aquela boca linda. *Uh La la...*

Estava inerte em meus pensamentos pecaminosos quando percebi que minha mãe me encarava. Obviamente ela havia feito uma pergunta e esperava uma resposta.

– Desculpa mãe, estava viajando – disse envergonhada.

– Perguntei se você não quer assistir um filme comigo hoje à tarde – falou ela com cara de cachorrinho pidão. – O Diário de Bridget Jones talvez?

A culpa por ser uma filha desatenda me obrigava a aceitar o convite. E quem sabe assisti-lo não me ajudaria a tirar Elijah da cabeça.

– Claro, mãe! Ai se o Colin Firth fosse uns cinco anos mais novo... – brinquei

A tarde transcorreu agradável. Minha mãe é uma companhia divertida e, por duas horas, tirei da cabeça os últimos acontecimentos.

Tenho sorte de ter uma mãe legal. Apesar de que ela – como qualquer mãe – às vezes passa do limite. No caso, hoje ela ficou insistindo em me levar para o Grease de carro. Insisti de volta que não precisava e que eu iria de bicicleta. Preparei minha mochila com uma muda de uniforme (brega) e coloquei o meu pequeno e quase intocado estojinho de maquiagem, afinal, às vezes vale a pena dar um *up* na produção.

Peguei a bicicleta, coloquei a mochila nas costas e parti para mais um turno de trabalho. Estava louca para contar sobre Elijah para Luci. De tão concentrada, nem olhei para o lado no cruzamento. Em um segundo eu atravessava tranquila a rua, no outro minha bicicleta tinha freado bruscamente e quase fui arremessada longe, o que por sorte não aconteceu.

Mas tenho que dizer, viu: quando bati com força total no banco da bicicleta pensei, *"pronto é agora que minha mãe nunca vai ter netos, essa coisa quase chegou ao meu útero"*. Foi então que percebi o motivo da parada brusca. Elijah havia salvado minha vida mais uma vez, e não, eu não estou sendo exagerada. Ele de alguma forma (superpoderes talvez) segurou o guidão da bicicleta e ela parou imediatamente. Se não fosse isso, eu teria batido de cara em uma super caminhonete com cabine dupla e tração nas quatro rodas.

Assustada, olhei seus olhos azuis, que instantaneamente me acalmaram. Ou talvez tenha sido o sorrisão que ele abriu em seguida.

– Te salvei de novo, atrapalhada. Olhar por onde anda é pré-requisito para tirar habilitação de condução de bicicleta, você não sabia?

– Sabia sim, engraçadinho – retruquei. – Como você conseguiu parar a bicicleta tão fácil? – perguntei agoniada. Dessa vez eu realmente poderia ter ido para o beleléu.

– Posso dizer que sou um garoto muito habilidoso.

– Conta logo quais são seus superpoderes.

– Além de aparecer instantaneamente toda vez que você está em apuros? – ele tirou sarro da minha cara.

– Se esse é o seu único poder, tadinho de você. Vai ter que dedicar *full time* ao meu lado.

– E quem disse que isso seria ruim...? – ele retrucou com cara de malandro.

Fiquei ali sorrindo feito boba para ele por não sei quanto tempo.

– Indo pro Grease?

– Estou sim. Aliás, que horas são?

– São 17h55.

Eu devo ter feito uma cara engraçada porque ele começou a rir. Então falei rápido, quase atropelando as palavras.

– Ai-meu-Deus-estou-super-atrasada! A Maria vai me matar.

– Pra que se estressar? Ela vai brigar com você de qualquer jeito. Não é verdade? Não vai fazer diferença se você se atrasar 5 ou 10 minutos.

– Pesando bem, você está certo. Me acompanha até lá? – falei audaciosa.

– Eu tenho escolha?

Estava tão empolgada que mal me lembro do que conversamos no caminho, que pareceu muito mais curto que o normal. Ao chegarmos à esquina da lanchonete, Elijah parou para se despedir. Ele não iria entrar para um lanche, o que me deixou um pouco chateada, pois tinha planos de Luci dar uma boa checada nele.

– Não vai entrar para entupir suas veias de gordura saturada?

– Hoje, não.

Sim, ele falou só isso, nenhuma explicação do tipo: minha mãe está me esperando em casa, preciso dar banho no cachorro ou ir ao supermercado.

– Talvez mais tarde eu passe por aí, quem sabe preciso salvar você de outra roubada – disse ele piscando de uma forma completamente fofa.

– Passa sim! Vou ficar esperando.

Foi aí que ele chegou perto de mim. Pensei seriamente que ele ia me beijar na boca bem ali na frente do Grease, logo agora que estou toda descabelada e quando não tive tempo de passar a maquiagem. Mas ele me deu um beijo na testa. Não o tipo de beijo que você espera de um cara pelo qual está afim. Mesmo assim fiquei animada, meio tonta pelo seu cheiro gostoso que me lembrava roupa recém lavada e secada ao sol. Ele se despediu e acenou com a cabeça ao virar a esquina, só então acordei do transe e me virei para entrar no Grease.

Quando me viu abrindo a porta Maria se pôs a berrar.

– E isso são horas de chegar para trabalhar? Vou descontar do seu salário, menina!

Olhei para o relógio de parede que fica perto do caixa e falei:

– Mas foram só quinze minutos, e eu quase morri atropelada por um caminhão.

Exagerei. Maria é uma chata de galocha, mas é só falar de doenças, acidentes ou fofocas que ela fica animada.

– Me conta como foi. E com detalhes!

Quase ter sido estraçalhada era uma visão tão boa que ela até esqueceu-se da bronca. Luci escutou o burburinho e chegou mais perto para participar da conversa.

– Luci

– ...e no cruzamento da Rua dos Patos com a Maria Bonita, o Elijah segurou a bicicleta um segundo antes de eu bater de frente com um caminhão gigante.

As duas arregalaram os olhos de uma maneira engraçada e eu não consegui segurar o riso. Luci perguntou na lata:

– Quem é esse aí? – Desembucha logo mulher. Ele é bonito? – falou Maria, animadíssima. Uma história envolvendo acidente e fofoca amorosa era demais para ela numa mesma noite.

– É muito mais do que bonito. E eu o conheci aqui no Grease.

As duas falaram praticamente juntas:

– Aqui no Grease?

– Maria, sabe aquela hora em que eu quase caí e derrubei a bandeja no chão?

– Claro que lembro, sua desastrada.

– Então, ele me puxou pelo rabo de cavalo e impediu que eu me machucasse.

– Mas eu não vi ninguém te puxando pelo cabelo. Aliás, se me permite comentar, que falta de tato.

– Maria! Ele não teve tempo para pensar em sutilezas. E sabe por que você não viu o deus grego?

Ela fez que não com a cabeça.

– Porque estava ocupada berrando comigo. – falei com um sorriso amarelo, rezando para que ela levasse na esportiva. Eu e Luci acreditamos que ela é um caso perdido de bipolaridade.

Neste momento Luci começou a atirar perguntas como uma metralhadora: como ele era, como eu sabia o nome dele, se já o tinha visto outras vezes, onde ele estudava.

Antes que eu abrisse a boca, o primeiro casal de clientes da noite entrou no Grease. Maria mandou Luci ir atendê-los, berrou comigo para ir enfiar o uniforme e ficou se fingindo de ocupada no caixa como ela sempre faz.

Eu me arrumei rapidinho e passei um gloss para o caso de o Elijah aparecer. As horas se passaram e milhares de chatos vieram, comeram, reclamaram e foram embora e o meu anjo da guarda não apareceu. Fui para casa desanimada, contando o restante da história para Luci no caminho de volta. Segundo ela, só poderei namorá-lo se ela aprovar. E o pior é que na maioria das vezes ela sabe o que é melhor pra mim melhor do que eu mesma.

Cheguei exausta, tomei banho e caí dura na cama. Tive um sonho, mas não consigo lembrar sobre o que era. Tinha impressão de que tudo passava em alta velocidade como se eu estivesse voando e sentindo o vento em meu rosto.

Passei o domingo (o meu dia de folga) num tédio mortal, sem nenhum sinal de Elijah. Fiquei pensando em como eu posso ser idiota de me apaixonar tão rápido. Não sei o sobrenome dele, nem onde mora, muito menos quanto tempo vai ficar por aqui. Quando vi, já eram seis da manhã de segunda-feira e eu precisava me arrumar para a escola. Passei na casa de Luci e fomos caminhando juntas, como fazemos há anos.

Ficamos batendo papo no pátio que fica ao lado do colégio e, quando o sinal tocou e me pus a andar em direção à porta de entrada, vi Elijah saindo da escola. Ele me viu, nossos olhos se encontraram (exatamente como nos filmes) e ambos abrimos um grande sorriso. Elijah me deu um pequeno tchau e eu afobada acenei de volta para que ele me visse antes de virar a esquina. Só que como vocês podem imaginar, o meu tchau foi daqueles afobada-encontra-exagerada. Luci, que tinha ficado distraída com o safado do seu ex, Julio, finalmente acordou do transe e olhou rápido para a direção de Elijah.

– Bete, tá ficando biruta?

E eu inocentemente:

– Por quê?

– Fica aí acenando para o nada! – falou ela fazendo uma imitação idiota.

– Como nada Luci, era o Elijah. Você não viu? – perguntei indignada.

– Não, só vi você sorrindo para o vazio.

– Ah, foi porque ele virou a esquina.

O papo se esvaiu da minha mente assim que parei do lado

da minha carteira. Em cima dela havia um pequeno Post It azul claro (da mesma cor dos olhos dele, pensei de imediato) com uma pena solta ao lado. Devo ter deixado o meu queixo cair, porque a Luci saiu do seu estupor e me perguntou.

– O que foi?

E eu mostrei para ela. Sentamos juntas na cadeira para lermos o que estava escrito.

"Te vejo mais tarde, minha desastrada favorita"

E eu me derreti toda. O meu *Ahhhhhh* deve ter incomodado o mau humor crônico de Luci, porque ela virou para mim meio grossa e disse:

– E o porquê da pena? Será que ele acha que você é uma galinha? – falou desdenhosa.

Tentei me acalmar antes de responder, geralmente Luci não é assim.

– Acho que deve ser uma brincadeira, eu falei que ele era meu anjo da guarda.

E ela rebateu ainda mal humorada.

– Bete, que coisa mais cafona de se dizer, nem parece você! Juro por Deus, nunca vi você cair de amores por alguém assim. E convenhamos, este teu anjo está mais para fantasma. Ninguém mais consegue vê-lo, além de você.

Dito isso ela sentou-se na carteira e virou o rosto para frente, carrancuda. Não entendi o motivo da grosseria. O fato é que as palavras dela ficaram na minha cabeça. Além de mim ninguém mais parece ter visto Elijah em lugar nenhum.

A aula começou e a paranoia na minha cabeça foi aumentando. Comecei a delirar pensando em teorias conspiratórias de por que ele era tão misterioso e o motivo de ninguém saber de sua mudança para o bairro. Nessas idas e vindas, a manhã acabou, e eu fui correndo para casa, determinada a bancar a detetive no Google.

Depois de quase três horas de pesquisa no Google, no Orkut, Twitter, Facebook e todas as redes sociais que você imaginar, eu já estava quase desistindo. Coloquei de brincadeira no Google "Elijah meu anjo" e, por incrível que pareça, consegui um resultado.

Era um site amador falando sobre os diferentes tipos de anjos. Como eu não acredito nessas baboseiras (que Deus me perdoe) já estava quase fechando o navegador, quando meus olhos se fixaram em um nome da lista.

"Elijah, o Anjo da Inocência: acredita-se que ele criou a árvore da vida. Guardião de todos os recém-nascidos e daqueles que morrem em tenra idade."

Pera lá! Entrei em estado de pânico. Aquilo devia ser uma coincidência extremamente bizarra. Será que o Elijah é um anjo. E o pior, um anjo da morte? Ele estava ali não para ser guardião da minha alma, mas para que eu batesse as botas.

Em claro estado de negação, tentei tirar a ideia da cabeça. Só que a cada segundo, iam surgindo pistas e mais pistas na minha mente comprovando o que eu não queria acreditar.

Se ele era um guardião de almas (daquelas desesperadamente jovens e que possivelmente vão morrer virgens, ai meu Deus), porque ele me salvou tantas vezes?

Fiquei elétrica, as paredes do quarto pareciam me sufocar. Desliguei o computador. Berrei para minha mãe que ia dar uma volta, peguei a bicicleta e fui para o meu lugar especial, tentando ter cuidado para não encontrar literalmente a morte de frente.

Quando cheguei, vi Elijah em cima da minha pedra. Da minha bendita pedra. Quase dei meia volta, mas ele me viu e falou:

– Finalmente desastrada, já estava há horas te esperando.

E eu emburrada.

– Esperando para quê? Não quero conversar com alguém que mal conheço. Está estragando a magia do meu lugar especial.

Ele pareceu achar graça. Eu fiquei mais furiosa ainda. Então ele abriu um sorriso. Aquela droga de sorriso hipnotizante.

– Senta logo ai, manhosa. Preciso te explicar algumas coisas. –Vem logo, para de ficar matutando aí emburrada. Apesar de eu adorar quando você faz esse beicinho, não temos todo o tempo do mundo. Tenho certeza que você está morrendo de curiosidade!

Morrendo! Isso bastou para que eu me arrastasse cuidadosamente rocha acima. Sabe-se lá se um anjo não é parecido com uma sereia que te chama para o perigo e te mata quando você menos espera.

– Desembucha logo.

– Esse lugar é realmente lindo. – falou ele desconversando. – Você escolheu muito bem o seu lugar especial desta vez.

O que ele queria dizer com o "desta vez" eu não sabia.

– Tá, tá, tá... sem conversa fiada. Me conta logo o que você tem pra contar.

– Pelas suas pesquisas naquela máquina que vocês chamam de computador... – E após uma pausa que pareceu durar horas. – Você já sabe que eu sou um anjo.

Pronto ele soltou a bomba. Apesar de desconfiar, receber na lata assim a certeza era chocante.

– Sim, um anjo guardião das almas daqueles que morrem cedo. Puff... – bufei. – Fala logo quando eu vou morrer.

Ele parecia estar se divertindo

– Nossa! Aquelas maquininhas são realmente interessantes...

E eu quase berrei. Não queria admitir, mas já estava com lágrimas nos olhos.

– Fala logo, acaba com essa tortura.

– Calma minha linda, eu sou sim tudo isso que você falou, mas não aqui com você. Posso explicar?

Acenei com a cabeça.

– Isso tudo que você falou é o meu papel no céu. Mas digamos que eu estou de férias. E nas minhas férias eu sou o seu anjo da guarda.

– Mas por quê?

– Porque você é o amor da minha eternidade. E vida após vida nossas almas se encontram lá em cima. Entre uma vida e outra, passamos juntos os melhores momentos que um casal pode ter.

– E eu estou fadada a viver vida após vida sem me lembrar de você?

– Você lembra só lá em cima. Faz parte da experiência terrena não se lembrar de suas vidas passadas. Salvo raras exceções.

– E todas às vezes eu consigo vê-lo? Ou você está sendo meu anjo da guarda pela primeira vez?

– Não, para as duas perguntas. Em nenhuma das vezes anteriores você conseguiu me ver, e esta não é a primeira vez que sou seu anjo da guarda.

– Quer dizer que anjos recebem férias todos os anos? – tentei brincar.

– Na realidade eu estou ausente da minha função como guardião há quase três séculos, para ser mais exato, nas suas últimas quatro encarnações terrenas.

– Eu queria férias assim também. E por que desta vez eu estou conseguindo te ver?

– Não sei ao certo, mas acredito que esta seja sua última encarnação e por isso você esteja mais sensitiva.

Ele parou e olhou para o horizonte, e como eu estava chocada demais para falar qualquer coisa, ele continuou:

– Todas as almas passam por uma evolução, e apenas quando estão prontas elas permanecem pela eternidade no paraíso. Algumas demoram mais, outras menos. Depende de como você utiliza o seu tempo na terra, mas essa é uma discussão que leva milênios.

Ele começou a se remexer na pedra. E percebi que ele estava ficando transparente.

– Bete, eu não tenho muito tempo. Não sei se você conseguirá me ver outra vez aqui na Terra, mas saiba que estarei lá em cima te esperando. Não se esqueça de que eu te amo mais do que tudo.

Dito isso, virou e me beijou na boca serenamente. Fechei meus olhos e aproveitei o breve momento. Senti uma rajada de vento e ao abrir meus olhos percebi que ele tinha ido embora. Fiquei sentada na pedra, tentando digerir o que ele havia contado. Quando percebi, o sol já estava se pondo. Observei aquela imagem que tantas vezes antes me acalmou e decidi voltar para casa. Não queria me atrasar para o trabalho novamente, ou pior, deixar minha mãe preocupada.

Quando eu percebi, já estava caindo sobre as pedras abaixo. Senti dor, muita dor. E pela minha cabeça só passava: "Não acredito que ele mentiu para mim. Tritão mentiroso. Agora não. Eu não posso ir sem me despedir da minha mãe, e de Luci e até mesmo da Maria..."

Não lembro o que aconteceu a seguir. Minhas pálpebras ficaram pesadas e tudo ficou escuro.

Não, eu não morri. Mas pelos aparelhos que estão presos no meu corpo, a dor que estou sentido e o cheiro de desinfetante, eu ainda estou num hospital.

Minha mãe está agora dormindo ao meu lado, possivelmente o primeiro sono desde o acidente, há três dias. Os médicos não estavam nada otimistas com meu estado. Minha mãe, tadinha, devia estar desolada. Nunca a vi tão descabelada e desarrumada na vida.

Pelo que disseram, fui encontrada desacordada e sangrando por um senhor aposentado que dava uma volta na praia. Ele ligou para a polícia, que foi para o local junto com uma ambulância. Como ainda estava usando o uniforme da escola, não foi difícil descobrir quem eu era. E no meio do caminho para o hospital, minha mãe já tinha sido avisada. Quebrei um braço, estou lotada de hematomas, mas o mais preocupante foi que eu sofri um traumatismo craniano. E como eu sei que vocês provavelmente assistiram alguns episódios de Grey's Anatomy, já devem saber do que estou falando. Resumindo, quebrei a cabeça (que já não era boa) e fiquei fora do ar nos últimos três dias. Acordei faz umas quatro horas. Por mais que eu esteja cansada, não consigo dormir. Fico repassando cada detalhe da última semana na cabeça para tentar confirmar se o que vivi e ouvi é realidade. Neste momento, já cheguei à conclusão de que não estou louca e que Elijah realmente existe, e o melhor ainda, me ama.

E a única coisa que penso é quando é que eu vou sair desse inferno? Opa, cara lá de cima, não me leve a mal, mas é que eu odeio hospitais. Eu já comentei que odeio hospitais? Meu anjo da guarda me ama tanto que nem consegue me guardar direito.

Assustei-me, e acabei acordando mamãe que estava com a cabeça encostada no meu colo. Escutei uma risada baixinha, seguida de uma frase sussurrada em meu ouvido. "É o destino, minha atrapalhada, por mais que eu te guardasse você ainda conseguia arranjar um jeito de se machucar a cada segundo. Você me manteve muito ocupado nestes 17 anos, e estou te esperando para receber o pagamento por um trabalho tão exaustivo. Vou ficar te esperando para assistir à trilogia do Senhor dos Anéis, andei me informando sobre a história com um velhinho aqui em cima, o nome dele é Tolkien, você conhece?"

Ela me pegou com um sorriso gigante no rosto. E com o rosto parecendo um misto de cansaço e alívio, perguntou se eu estava me sentindo melhor.

– Claro que sim mãe, não vejo a hora de ir pra casa. Estou morrendo de vontade de rever "Orgulho e Preconceito".

– Com o Colin Firth? – falou ela, esperançosa.

– Claro, mãe! Ele eternamente vai ser o melhor Mr. Darcy.

– Já sei, principalmente se ele for trocentos anos mais novo.

Eu ri... e falei.

– Não, acho que ele é perfeito do jeito que é.

Mas já não tenho certeza se estava falando daquele Mr. Darcy. Senti uma pontada de saudade, mas tentei reprimi-la. Ali, sentada com minha mãe naquele ambiente insosso, prometi a mim mesma que viveria esta vida de forma completa e aproveitaria cada segundo com toda vontade. Porque definitivamente eu era uma das poucas sortudas que teriam a chance de entender que um final talvez seja o melhor começo de todos.

O Último Percurso de um Anjo

Eugénia Tabosa

O Anjo, acordando por fim de seu sono secular, desdobrou as longas asas, estendeu os braços sentindo como se pequenos rios lhe percorressem o corpo, e sorriu com aquele sorriso que só as crianças conseguem ter.

Era de manhã e o sol mal despontara, ainda havia gotas de orvalho brilhando sobre as ervas. O Anjo curvou-se e lavou o rosto com elas, o que lhe trouxe novo vigor e uma vontade irresistível de correr pelos campos. Descalço, claro, pois nenhum anjo usa botas ou sapatos.

Para os anjos o tempo não conta e eles podem permanecer anos e anos sem dar de si, sem que ninguém os veja ou dê por eles, perceba sua presença. Por isso são tão raras as pessoas que neles acreditam, e a maior parte pensa que os anjos só aparecem para as crianças, ou nos livros.

Mas eles estão por aí, com toda a certeza andam por aí.

De tão invisíveis e silenciosos acabaram esquecidos, e assim, caindo numa profunda melancolia, alguns entraram num sono profundo, letárgico, enquanto outros se incorporaram nas imagens aladas espalhadas por todo o mundo. Eu própria tive o "meu anjo" durante grande parte da minha vida, mas disso falarei de uma próxima vez.

Agora voltemos ao Anjo que acabara de despertar e corria descalço pela erva macia. Era como se o seu corpo tivesse sede de verde e seus pés, raízes aladas, bebessem desse néctar cada vez que tocavam o solo. Ainda nem tentara usar as asas que estavam pesadas de pó e inércia. Abriu os braços, soltou os cabelos e cantando de alegria inventou de saltar a grandes passadas. Por fim, reparando no arco-íris que, entretanto, se formara, pegou-o e vai de saltar à corda num desatino.

Foi só então que sentiu necessidade de usar as asas e dirigiu sua atenção para elas.

Não sei se vocês sabem, mas, assim como há muitas espécies de anjos, também são muitas as diferenças quanto às suas asas: há as pequenas, as minúsculas, as longas, as simples e as bi e trilobadas, há as brancas, as diáfanas, as mono e policromadas. Enfim, uma variedade. E tanto que é assim, que numa revoada de anjos não conseguimos ver mais do que aquilo que parece ser uma nuvem assoprada pelo vento, deslizando pelo céu.

O Anjo Joel, e só agora reparo que ainda não dissera seu nome, curvou levemente o dorso, abriu as longas asas e deixou-se ficar completamente imóvel recebendo a luz e o calor do sol. Lentamente, sem que fizesse qualquer esforço, uma poeira cintilante foi-se libertando e espalhando pelo ar. Ao mesmo tempo, as penas foram ficando mais e mais brilhantes e adquirindo toda a sua beleza.

Ele pertencia à categoria dos anjos com as maiores asas, capazes de fazer voos de longo curso, percorrer grandes distâncias, grandes altitudes. Dizem que alguns são mesmo intergaláticos. Mas disso não tenho conhecimento direto.

Então ergueu e movimentou as asas em todas as direções, de forma a poder examiná-las. Cada uma delas tinha cinco mil penas com sete mil cores. Faltam-me as palavras para descrever tão extraordinária beleza. Seus cabelos ruivos e a túnica vermelha quase passavam despercebidos perante a magnificência de suas asas.

Mas o que mais lhe importava de momento era testar o seu potencial, a sua capacidade de voo. Assim, batendo energicamente as asas, iniciou uma série de manobras e piruetas espantosas, ora rasando o chão como as libélulas, ora subindo que nem as águias, ou brincando como o beija-flor que quase fica parado para logo seguir tão rápido e imprevisível que o perdemos de vista. Sentiu-se completamente desperto, apto, pleno de energia, e inspirou fundo a luminosidade do dia que despontava, os cheiros das flores e da mata, a vida à sua volta.

Cada anjo deve sempre recomeçar o seu caminho do ponto onde tiver parado, seja por ter finalizado uma tarefa ou, muito raramente, por ter ficado completamente exausto. Isso já aconteceu ao longo dos milênios, por ocasião de grandes cataclismos, epidemias, guerras. Quando a vontade de proteger e ajudar ultrapassa suas forças, então eles simplesmente se integram nalgum elemento sólido e estável, como que se refugiando. Não se trata de uma mimetização ou diluição, eles estão lá, sem estar, e são, sem ser.

Se o leitor fizer um esforço de memória, certamente irá se recordar de já ter visto a figura de um anjo no tronco de uma árvore, num rochedo, numa escarpa... Será muita coincidência haver, nesse qualquer lugar, uma figura inerte apropriada, como por exemplo, uma escultura em pedra ou madeira. Mas então, se tal acontece, torna-se extremamente difícil perceber que há nela um anjo recolhido.

O Anjo precisava orientar-se, sentir qual direção seguir. Assim elevou-se, afastando-se para muito além da última nuvem. E de lá olhou a Terra.

– Querido planeta azul. – Nem se lembrava mais dos outros lugares por onde andara a cumprir missões.

Gostaria de voltar ao Mar Egeu, e recordou-se com prazer daquelas águas incrivelmente azuis, mas, de súbito, todo o seu ser foi obrigado a querer seguir num sentido totalmente oposto. Com a rapidez de um raio, contornou a Terra, cruzou o equador, e à medida que se aproximava, reconheceu a costa de um país onde já estivera séculos atrás, longas praias onde mansas ondas se espreguiçavam na areia e coqueiros largavam seus verdes e pesados frutos.

Abriu as asas e num suave voo chegou ao seu novo destino. Por prudência reduziu sua própria luminosidade e cor, ficando quase invisível. A sua presença assemelhava-se à de uma brisa passando entre arbustos, notada apenas pelo bulir das folhas e pelo aroma a flores, que os anjos sempre possuem.

O Anjo Joel não esperava encontrar algum ser vivo seu conhecido, alguém a quem tivesse ajudado ou protegido, ou alguém que dele se lembrasse. Ele sabia que quase ninguém vive 100 anos, e que os filhos dos filhos dos filhos seriam naturalmente uns desconhecidos. Isso se impunha, já que os anjos tinham a obrigação de ser imparciais e justos em seus atos e julgamentos. E é esse desapego que lhes dá total liberdade embora, também, uma enorme solidão.

Sobrevoou a mata atlântica, onde as árvores de tão juntas

encostam e entrelaçam suas ramas. Pensou que elas dormiam melhor assim de cabeças apoiadas umas nas outras. Apenas, aqui e ali, algumas palmeiras e árvores de grande porte se mantinham eretas e vigilantes.

Foi então que se deparou com as grandes estradas que cortavam a mata e subiam a serra, e nelas uma espécie de carreiros de formigas, com luzes vermelhas que corriam para o cimo, e outras com luzes brancas que desciam apressadas para as praias. Depois veria o que seria aquela novidade, por agora era preciso chegar ao planalto. E assim continuou a voar sem se deter, até que atravessou uma forte neblina que pairava sobre aquelas terras. E pensou em nuvens de leite, em véus de teias de aranha...

Não teve tempo de continuar a brincar com as imagens interiores, bruscamente surgiu A CIDADE.

Era estranha e diferente das cidades que ele conhecera em outros tempos. Aqui, grupos de prédios tão altos que deveriam tremer quando um vento mais forte passasse, ali, casas baixas agarradas ao chão, mais além, morros com casinhas que pareciam brinquedos de faz de conta. Cortando tudo isto, havia ruas tão largas que mais pareciam um feixe delas e não uma só, e outras estreitas e sinuosas serpenteando entre o casario. Estranhos também eram os rios, escuros, sem peixes. Alguns até passavam por tubos abertos que não os deixavam correr à vontade. Havia luzes, muitas luzes, de cores e formatos diferentes, umas paradas outras correndo. Envolvendo tudo isto havia um ruído surdo, contínuo e constante, como se houvesse uma maquinaria gigante nas entranhas da terra.

Resolveu descansar um pouco e escolheu para tal um prado verdejante e circular onde havia uma monumental escultura de um grupo de homens e cavalos em pedra. Precisava parar para absorver tudo o que tinha visto, e preparar-se para o que viria a seguir, e que estaria relacionado com o seu despertar e sua volta a estes lugares. Entre aquelas estátuas brancas, sentiu uma grande paz, e pouco a pouco foi desaparecendo a sensação do desconhecido. Era como se tivesse encontrado personificadas na pedra pessoas e coisas de algum dos seus outros tempos.

Quando amanheceu, sabia que deveria voltar para junto do mar. Mas não sem antes ver de perto e conhecer um pouco desta cidade.

Reparou que havia bem mais árvores do que ontem lhe tinha parecido, algumas tão carregadas de flores que mal se viam os ramos. Alinhadas ao longo das ruas e por vezes correndo pelo meio delas, davam um aspecto mais alegre àquele amontoado de casas. E o Anjo pensou em como elas deviam trazer felicidade aos moradores e aos pássaros da cidade. Amarelas, rosas, roxas, azuis, cor de fogo, tantas, tantas cores...

Os homens sempre gostaram de inventar objetos, e desde o início mostraram grande habilidade em dar novos usos, ou mesmo transformar completamente os elementos que encontraram no planeta. Madeira, pedra, terra, água... Todos os materiais eram bons para trabalhar e modificar.

Mas o que o Anjo encontrou desta vez superava qualquer expectativa, tantas e tão extraordinárias eram as novidades que se lhe deparavam a todo o momento. Por exemplo, as pessoas já não andavam em transportes puxados a cavalos ou bois, como os complicados e vistosos coches ou as simples carroças. Em vez disso usavam carros, uma espécie de máquina, e andavam sozinhos em grande velocidade. Havia-os de uma enorme variedade de formas e cores. Roncavam, buzinavam, tinham luzes e faziam umas manobras engraçadas, viravam e andavam em todas as direções, até mesmo para trás. Em vez de cocheiro, tinham um "motorista".

Havia também uns veículos mais compridos e com várias janelas, e outros que pareciam ser enormes armários com rodas. Isto sem falar das carruagens fechadas, presas umas às outras que corriam por uns trilhos diferentes num caminho só para elas. E na mente do Anjo apareceu a palavra "trem". Aliás, estavam sempre a surgir-lhe novas palavras.

Curiosa também a outra engenhoca com que os cavaleiros substituíram os cavalos. Eram umas máquinas mais estreitas do que os carros, com apenas duas rodas, e incomparavelmente mais velozes do que qualquer animal, mas muito mais barulhentas. Podiam transportar uma ou duas pessoas. Em vez de elmo, usavam um capacete esférico. Faziam umas curvas incríveis se inclinando, homem e máquina como sendo um só, chegando a tocar a estrada com um joelho.

No entanto, na maneira de gentes, não havia grandes mudanças, como tinha acontecido muitos séculos atrás quando de nus passaram a se vestir, ou quando largaram as túnicas e passaram a usar roupas costuradas ou, já mais perto dos dias presentes, quando colocaram aquelas perucas brancas e cacheadas. Achou apenas que alguns trajes eram bastante curtos, e que muitas mulheres usavam calças iguais às dos homens. No conjunto, pareceu-lhe que usavam roupas práticas e simples. Deveria ser para se moverem depressa, caber nos veículos apinhados e conseguir subir àqueles prédios altos.

Com seus olhos que não conheciam fronteiras nem obstáculos, o Anjo vasculhou o interior de um daqueles prédios de cimento, entreviu as caixas de transporte que elevavam as pessoas do solo aos vários andares, e sorriu com mais aquela invenção. Havia a eletricidade, e os navios tão diferentes das caravelas que antes cruzavam os mares só utilizando a força do vento, e os aviões qual pássaros de metal voando pelo céu! Quanta imaginação e força de vontade tudo isso revelava.

Resolveu por fim percorrer uma longa e larga rua, uma avenida, fazendo um voo mais baixo por entre os grandes prédios cheios de janelas de vidros enormes, mas onde ninguém aparecia. Confiante de que não seria visto, deixou que as suas asas e todo o seu ser retomassem as cores e o esplendor que lhes era natural.

E como se divertiu ao ver sua imagem refletida naquelas fachadas cobertas de vidraças! Aproximou-se, afastou-se, colocou-se na horizontal, em oblíquo, fechou e abriu as asas até, por fim, parar estático flutuando apenas. O seu reflexo fragmentado parecia um jogo de quebra-cabeças ou uma imagem de caleidoscópio. Voou para o edifício ao lado e para outro, e mais outro, e lá estavam os seus inúmeros reflexos.

Era como se naquela avenida passasse um bando de anjos de túnica vermelha e asas multicolores. Este pensamento trouxe-lhe uma sensação nova, mas tão incômoda que chegava a doer. Contrastando com a alegria anterior, sentiu uma tristeza invadi-lo e percebeu o quanto estava só.

– Preciso trabalhar – pensou –, encontrar a missão que me foi destinada. É isso que me compete.

Tinha se distraído com a cidade e suas estranhezas tal qual uma criança numa loja de brinquedos. Com um enérgico bater de asas elevou-se no ar, e só se permitiu olhar para baixo, bem longe, quando já não se distinguiam casas e ruas e gentes. A cidade era apenas uma mancha esbranquiçada rodeada pela mata verde.

Então, sem mais hesitações, voltando as costas ao sol poente que pintara o céu de tons avermelhados, entrou na noite voando em direção ao oceano. E foi com prazer que voltou a sentir os cheiros da mata, os cantos dos pássaros, o murmúrio das águas, e pensou, que tal como os rios, também ele corria para o mar.

Crianças brincavam no quebra-mar, jogando com as pequenas ondas que se desfaziam em espuma, trazendo consigo preciosos tesouros, conchas, pedrinhas coloridas, cascas de siri. Aproveitando o sol da manhã, muitos jovens se bronzeavam estendidos na areia quente. De baixo dos guarda-sóis ficavam roupas, chinelos, cadeiras vazias. Jovens e adultos nadavam ou saltavam pelas rochas espalhadas junto à praia. E havia quem caminhasse percorrendo a praia de uma ponta à outra.

Comparado com o frenesi da cidade dir-se-ia ser outro país e outras gentes, tão calmos eram seus gestos e seus sorrisos felizes, assim julgou o Anjo quando os avistou de longe ainda.

De repente, algo o sobressaltou e chamou sua atenção. Uma densa e escura mancha aparecera no céu na linha do horizonte. A nuvem avançava lenta e determinada quase rente à superfície do mar. Dir-se-ia que o estava bebendo, de tal forma o seu tamanho ia crescendo e ela ia ficando mais e mais escura.

O anjo sabia o que aquilo era, e o que viria a seguir, como aquela tromba d'água cairia sobre a praia e, empurrada pelo vento, entraria terra adentro e arrasaria tudo de passagem, até perder toda a sua água e fúria. Ele relembrou com pesar as caravelas lutando desesperadas no mar embravecido, e as aldeias dos índios arrastadas e arrasadas.

Os anjos não têm poder nem permissão para interferir ou alterar o curso da Natureza. A sua missão é outra, é apenas referente aos seres vivos. Devem ajudar e guiar os homens, principalmente as crianças tão confiantes, tão ainda sem medos e saberes.

Assim, o Anjo Joel desceu rapidamente em direção à costa, ao mesmo tempo em que materializava um dos seus instrumentos musicais – o tubetálice, um misto de tuba e trompete, de cano levemente arqueado. Só os anjos seniores conseguem tocá-lo, e mesmo assim são poucos os que sabem extrair dele a vasta gama de efeitos, que podem ir da mais suave e delicada melodia até a um som audível a quilómetros de distância, e que ao ecoar pelos montes ainda ganha novas sonoridades de intensidade e timbres diferentes.

Na praia, despreocupados, ninguém se dera conta da nuvem silenciosa e medonha que acabara de aparecer no céu. Só as aves se calaram de repente, e tal como os insetos, debandaram para as matas circundantes. Nas ondas, o vento traçava riscos de espuma branca e de seguida começou a elevá-las, a fazê-las correr umas sobre as outras até rebentarem ruidosas na areia. Isto em nada inquietou alguns rapazes, que em vez de se retirarem do mar, foram buscar uma prancha e voltaram para a água a desafiar as enormes e encaracoladas ondas que se estavam a formar.

O Anjo não podia deter ou desviar o temporal que estava prestes a atingi-los. Só lhe restava a possibilidade de alertá-los e assim fazê-los fugir ao perceber o perigo que avançava em sua direção. Começou a sobrevoar em círculos a praia, de uma ponta à outra, soprando o tubetálice o mais forte que podia. O som se assemelhava às trovoadas múltiplas que rolam alto por cima das montanhas, e nos fazem pensar que anjos e demônios cavalgam soltos pelos céus, arrastando com eles toda a sorte de coisas: panelas, correntes, meteoritos.

O resultado foi o que ele pretendia, As pessoas assustadas com aquele som apocalíptico atroando sobre suas cabeças olharam em todas as direções e perceberam enfim a terrível tromba d'água que se formara no mar tão tranquilo ainda há pouco, e que vinha crescendo em direção à praia. Todos compreenderam de imediato o perigo eminente. Aflitos, davam ordens, corriam, gritavam pelas crianças, gesticulavam chamando quem ainda estava no mar e apavorados, não só com a visão daquele muro d'água que avançava ameaçando desabar a sobre eles a qualquer momento, mas também pelo som que corria sobre suas cabeças e os obrigava a fugir para bem longe dali.

Em poucos minutos a praia ficou deserta. Espalhados pela areia, inúmeros objetos antes tão necessários, mas que agora, na pressa de se salvarem, tinham perdido qualquer importância.

Calara-se o Anjo e por instantes apenas um pesado silêncio

reinou naquelas paragens. Finalmente a enorme nuvem puxando o mar chegou, engolindo a praia e avançando pela mata para só se deter junto aos montes, onde se desfez em prantos de chuva.

Durante algumas horas, o mar revolto e ameaçador manteve aquelas terras presas sob suas águas, rugindo como se protestasse por não ter encontrado vivalma sobre quem descarregar sua fúria. É costume dizer-se que "depois da tormenta vem a bonança", mas nunca se sabe quanto tempo as medeia. Por fim a chuva parou, o sol irrompeu por entre as nuvens e muito lentamente o nível das águas foi começando a descer.

Antes de dar por terminada sua tarefa, o Anjo Joel sobrevoou novamente a praia, agora reduzida a uma estreita língua de areia, coberta de despojos e algas.

Tranquilizado por ter conseguido afastar todas as pessoas que se encontravam por ali e nas vizinhanças, sentiu uma grande felicidade invadi-lo. E, pleno de vigor e alegria, em todo o seu esplendor deu uma derradeira volta no céu, agora tocando o tubetálice com tal doçura que parecia querer apaziguar o oceano, ou dar alento às árvores que muito lentamente tinham começavam a emergir.

Isolado e como que em resposta ouviu-se o canto de um bem-te-vi, logo seguido do sabiá.

Foi nesse momento que o Anjo percebeu que havia alguém se debatendo no meio do imenso mar revolto. Sem tempo sequer para alterar sua aparência ou diminuir seu próprio brilho, lançou-se contra as ondas num voo rasante e arrancou às águas o frágil corpo de uma jovem.

Logo voltou a subir, afastando-se o máximo possível desse mar que rugia e se alteava como se quisesse prendê-los para sempre. Sentiu que água e algas se erguiam como tentáculos tentando arrastá-los para o fundo.

Por três vezes foram alcançados e por três vezes se soltaram até que, finalmente, as longas e fortes asas do anjo conseguiram, num brusco e desesperado batimento, elevá-los no ar e libertá-los daquelas cadeias líquidas.

Embora já no ar, a jovem continuava a se debater como se lutasse por sua vida. De rosto assustado e olhar fugidio, ela contorcia-se e tentava escorregar dos braços do Anjo, que para salvá-la redobrou os esforços, segurando-a firme enquanto voava para terra.

Ele sabia como algumas pessoas, ao serem salvas, têm reações de pânico e descontrole. Resolveu prolongar o voo e aconchegá-la, embalando-a como a uma criancinha de colo. Envolveu na sua túnica vermelha aquele corpo tão estranhamente frio, e enquanto lhe acariciava os longos cabelos, começou a entoar baixinho cantigas de ninar. E assim sossegou a jovem que parou de se debater.

Pela primeira vez ela olhou o Anjo nos olhos. E isso a maravilhou e encheu de temor ao mesmo tempo, tão diferente ele era dos seres marinhos ou dos pássaros que bem conhecia, e tanto se assemelhava aos homens, que entrevira em barcos e de quem estranhas histórias ouvira na infância. Também o Anjo a fitava com encanto e estranheza sem poder desviar o olhar e a viu como ela era.

Assim tomaram consciência de suas diferentes naturezas: uma sereia e um anjo voando enlaçados pelos céus.

Sobre eles nuvens ameaçadoras trovejavam e lançavam raios que corriam desabalados em todas as direções. Era como se elementos e sentimentos se defrontassem numa espiral de forças opostas. O Anjo compreendeu que era urgente encontrar um lugar abrigado.

Chegaram a uma enseada onde nas águas calmas dormiam gaivotas e barcos. Pousaram na praia e, incapazes de se largarem, continuaram abraçados. Ainda surpresos de seu encontro, pensavam aflitos que aquilo não deveria, não poderia, ter acontecido. O que estavam a sentir era algo completamente novo e para o qual não estavam preparados, pois nunca fora permitido o convívio entre seres de diferentes realidades.

Carinhosamente, o Anjo a envolveu com as longas asas deixando que uma imensa onda de ternura transbordasse livremente, e a Sereia sentiu seu corpo acordar com o doce calor que lhe devolvia os movimentos.

Com mãos trêmulas e inseguras percorreram-se. Os dedos deram-lhes suas reais dimensões. E palavras surgiram onde antes só havia sensações.

– Quem és? – perguntou ela.

– Um anjo, sou um Anjo da Guarda, o Anjo Joel. Nada receeis, tenho a missão de salvar e guiar pessoas – explicou o Anjo. – E tu que és, que nem uma menina e nem um peixe pareces ser?

– Sou uma sereia. A Sereia Mayah, uma pequena sereia

que se perdeu durante o temporal. Mas também tu não te assemelhas nem a homem nem a pássaro, nem a nada que eu conheça.

– Sim, somos de dois mundos que se ignoravam, mas que talvez tenham coexistido desde sempre, sem se encontrar num mesmo tempo e lugar.

– Ai – gemeu a Sereia. –, ouço a cantiga do mar me chamando! Uma parte de mim quer partir, outra parte quer ficar.

E o Anjo respondeu:

– Também eu estou dividido e me sinto alterado, como sendo o que não podia ser, sentindo-me preso a ti sem poder me afastar. A minha vontade é de que fiquemos e sigamos juntos.

– Não vês que meu corpo não foi feito para tal, que não tenho asas nem pés para te acompanhar? – e isto dizendo deixou-se cair na areia chorando em silêncio.

– Dar-te-ei parte das minhas asas, metade da minha túnica e mais tudo o que puder! – apressou-se a dizer o anjo secando-lhe as lágrimas.

E isto dizendo, logo começou a despojar-se da sua plumagem, não querendo escutar uma voz que o alertava, aquela voz interior que costumava indicar-lhe tarefas e direções, mas que agora, áspera e rude, lhe ordenava que parasse e se comportasse como o anjo que era e sempre fora. Sem querer saber de razões ou consequências, cortou as vestes ignorando avisos e regras.

–Também dividirei minhas escamas e barbatanas contigo, assim poderemos nadar juntos no mar! – exclamou a sereia.

Se bem o disseram, melhor o fizeram. Rindo como crianças descuidadas que brincassem na praia, foram trocando e misturando seus pertences e poderes.

E assim a Sereia ganhou asas e o Anjo nadadeiras.

Logo as quiseram experimentar e cedo coordenaram os novos movimentos, primeiro no ar, em evoluções complicadas, e depois nas águas, mergulhando fundo e voltando à superfície em saltos vertiginosos.

Quem os viu ficou sem saber se de golfinhos, peixes voadores ou albatrozes se tratava.

Assim se passou um dia ou um ano, não posso dizer ao certo. É difícil medir a alegria ou a tristeza, tão depressa uma passa e a outra se estende.

Na maré vazia, rochas dormiam na praia e as ondas rolavam pequenos calhaus em sucessivas risadas. Do céu começou a soprar um triste lamento e nuvens esfarrapadas lembravam um cortejo de querubins em gestos de adeus.

A Sereia e o Anjo, subitamente cansados, sentindo o corpo pesar, deitaram-se exaustos à sombra dum coqueiral.

– Ai, que agora não sei mais de mim – suspirou ela.

– Também eu me sinto perdido, não sei o que devo ou posso fazer, tão fraco me sinto – respondeu ele.

Percebiam por fim que ao ultrapassar limites e tentar tornar possível o que nunca acontecera, tinham infringido regras e costumes, feito algo proibido.

– De uma coisa, porém, tenho a certeza – continuou ele olhando-a cheio de ternura –, nada nos vai separar, sinto que nos pertencemos.

– Também te quero meu – disse ela.

Tentaram erguer-se, vencer a fraqueza e o tremor que se apossara deles.

Observaram-se em silêncio e surpresos viram que não mais se pareciam com o que costumavam ser. Pouco a pouco ele fora largando as milhares de penas de suas esplendorosas asas e os seus passos já não deslizavam sem tocar o chão, agora pousavam pesados na terra. Ela, sem coroas de algas nos cabelos, perdera as verdes escamas, a cauda e as barbatanas que lhe permitiam nadar, e tentava agora equilibrar-se em duas vacilantes pernas. A túnica vermelha, que também tinha sido repartida entre ambos, apenas dava para cobrir os corpos com simplicidade.

Abraçaram-se saudosos de si mesmos, ainda sem entender totalmente a extensão de suas transformações.

Um bater forte e ritmado dentro de seus peitos trouxe-lhes rubor às faces devolvendo-lhes a energia. Era como se a vida lá de fora corresse dentro deles agora. Em suas mentes surgiam novas palavras para novos sentimentos.

As vozes do mar e os sussurros do vento não mais traziam ordens nem chamados, eram apenas os sons do mar e do vento, assim como a terra era a terra, e ele um homem, e ela uma mulher.

– Vem amor, de agora em diante seremos apenas Joel e Mayah. Estes somos nós e estes são nossos nomes. Um homem e uma mulher e uma vida pela frente.

– Assim é e assim será. Não mais me sinto dividida nem ouço o chamamento do mar. Estes somos nós: uma mulher e um homem a acertarem seus passos.

Deram-se as mãos, e assim começou o seu caminho a dois.

Aethereality

Lidia Zuin

No horizonte a superfície crespa do mar funde-se com nuvens em cores quentes. O som da água rebentando na areia pálida, o ar umedecido e a sensação de que os grãos do solo e o sal se reúnem sobre o corpo, entre os cabelos. No maxilar dela, a rigidez da clavícula dele. Os dedos se entrelaçam sobre joelhos sujos de areia úmida. O sol erguido amarelo faz os cílios dele brilharem...

– Já está acabando – ela murmura, sendo correspondida pelo silêncio de um suspiro.

Ela sabe que o tremor de seus lábios, a ardência do rosto e o pavor que lhe arrepia são resquícios do ambiente simulado: exageros que alimentam o vício e a mentira. E que toda vez que o fim chega, os olhos incomodam, as lágrimas nascem violentas. Então ela busca a inesquecível feição de um homem pálido de cabelos prateados, tentando firmar no esverdeado das íris a essência de sua materialidade binária. Ambos hesitam, mas ele sempre reage a tempo, tomando seu rosto entre as mãos, como um cálice, aproximando-se para um último gole. Mas ao fechar as pálpebras, ela perde a conexão e acorda diante do menu de *login* disposto na superfície retangular em *touchscreen*. Está escrito "Escola" ao lado de "Ichigo is offline".

Retira da cabeça o aparelho metálico de simulação de realidade virtual que se comunica com o computador portátil. Deixa-o sobre a cabeceira enquanto gasta uns segundos em inércia, até que o escândalo do despertador cesse. O corredor branco já toma o tom de luz chuvosa da manhã. Discreto, o gato passa pela porta de seu quarto sem percebê-la esfregando as olheiras. O robô-faxineira desliza pelo carpete com seu ruído motorizado. A garota ainda sente nos ombros a pressão de um abraço que nunca deixou de ser memória.

Em frente ao espelho, os cabelos castanhos parecem alheios, bem como o rosto arredondado, que em nada se assemelha ao avatar de mechas rosadas e face afinada. Preocupa-se em dar as costas para o reflexo que a revela até a altura dos quadris, livrando-se das roupas sem conferir o próprio corpo – que também evita. Sob o chuveiro, o barulho do líquido lhe proporciona a lembrança do cenário "Cachoeira" que havia adquirido poucas semanas atrás, por metade do preço. De tanto pensar, deixa escapar um sorriso perdido por detrás do *box* de vidro escuro: as asas dele, quando abertas, protegem-na da força da queda d'água. E de novo o rosto andrógino aparece entre o embaçado dos azulejos e o respingo de vapor condensado.

Enrola-se primeiro numa toalha para depois enrolar-se em respostas automáticas diante do cheiro *vintage* de jornal reciclado e café que o pai consome. O cereal murcho afundado na tigela de leite significa que a mãe, mais uma vez, não passou a noite em casa. Come porque lhe parece satisfazer a ansiedade, mas a fome não range em seu estômago. De repente, ambos se voltam para a lava-louça quando Lucie, o robô em forma de pino de boliche, deixa cair um prato no chão. Dois pares de pálpebras pesadas retornam aos seus afazeres anteriores sem rascunhar um comentário ou expressão. A cozinha se preenche com o barulho do aspirador.

O pai, como sempre, dá carona até a entrada do metrô. As escadarias já estão lotadas de cabelos presos e de corpos uniformizados ora por terno e gravata, ora por farda escolar. Nos degraus rolantes, ela arruma uma mecha atrás da orelha quando vê de relance um garoto de cabelos violeta na escada oposta, subindo. De cenho franzido, observa com estranheza a rigidez do anônimo, percebendo, só quando o chão já se funde à plataforma dos trens, que se trata de um *automaton*-propaganda. Ao alcançar o fim de seu trajeto, o balanço do corpo mecânico e a lentidão não tolerada pelos demais transeuntes o acusa. Os sons se tornam mais distantes e agudos.

Dentro do metrô, não acha lugar vago para sentar. Sente-se acomodada ao se encostar à porta ensebada e trêmula do vagão. Encara, através das janelas, a escuridão dos túneis sendo interrompida por faixas de néon com o nome das estações. Ao fechar os olhos, sente-se cansada, ainda que tivesse passado a noite no modo "sono" do *reality game Aethereal*. As costas doem pela má postura, mas a garganta se preenche de uma asfixia ansiosa por uma nova conexão. A estação onde precisa descer é anunciada pela voz sintética do computador de bordo.

Os portões da escola ainda estão cheios, apesar do horário apontar o início da primeira aula. Cabisbaixa e com os dedos enroscados nas alças da mochila, passa pelo vão entre dois grupos de estudantes. Mais alguns degraus de cimento e ela já está sob a penumbra do corredor que dá acesso aos elevadores e às portas de algumas das salas da burocracia institucional. Sobe até o oitavo andar, onde ficam as salas da oitava série.

Em vez de se dirigir ao cômodo 8-G, vai ao sanitário feminino, onde algumas meninas brincam com uma máquina portátil de customização de unha. Riem agudo e alto, quebrando o silêncio enquanto gírias de fóruns de discussão *online* sobre beleza e moda ecoam pelo banheiro. Ela bufa, entrando numa das cabines. Desce a tampa do vaso para ali se sentar. Tira a mochila das costas e a aloja entre as pernas cobertas por uma meia calça cinza. Abre o zíper e tira de lá a tiara de realidade virtual mais o computador portátil. Em modo de espera, o aparelho é destravado para dar acesso à *internet*. Ela faz *login* em *Aethereal*. A mesma tensão do metrô a envolve do início da espinha até os pelos do braço. "Ichigo is online".

Mesmo que ainda se sinta sentada, suas pernas se movem numa caminhada de mãos unidas e olhos baixos. Os cabelos dele voam compridos junto aos dela, ambos vestidos de branco – ele com roupa de cavaleiro, ela de vestido lolita. Um tanto mais alto, ele mantém a postura com a seriedade de seu silêncio e da firmeza de seus passos. As asas se encolhem nas costas, reluzindo conforme os feixes de sol encontram folga entre as nuvens. Ela olha para trás e não vê pegadas no chão, mas quando se volta para cima, encontra a mesma face de mais cedo: o perfil delicado, quase feminino, a maçã do rosto salientada pelas bochechas reduzidas e o maxilar definido.

– Você está bem?

– Acho que sim – ela responde hesitante, deixando os dedos dele escaparem de sua mão.

Não consegue olhar para ele com frequência, nem por muito

tempo. Suas visões são sempre fragmentadas, baseadas numa vista embaçada e ensolarada, por vezes muito claras, outras mais azuis e sombrias. Ao puxar o braço do anjo, tentando lhe chamar a atenção, percebe que o céu treme, o mar paralisa e a temperatura baixa drasticamente. Ele aperta sua mão.

– Estão chegando, Ichigo.

Ela confirma com a cabeça, conjurando uma espada de cristal na mão direita, e um bracelete com disparador de lâminas no pulso esquerdo. Ele tem como arma arco e flechas moldados em plasma azul. Ambos aguardam a formação da silhueta de demônios baixinhos e corcundas, todos programados para serem iguais e terem o mesmo comportamento. São um tanto caricatos, não representam aflição senão pela aura rubi que os circunda, valseando, contaminando o cenário já escurecido pela dramatização do jogo.

Ficam um de costas para o outro como tática para aniquilar os adversários que surgem pelo mar – desafiando as leis da física ou correspondendo a uma falha na programação. Ela cuida dos que vêm pela água, tendo que alcançá-los antes de chegarem à área condizente ao seu parceiro. Enquanto desafia o primeiro dos demônios, as ondas ainda quebram em seus joelhos. Ela percebe a agitação do vento, que parece querer acrescentar dificuldade ao desafio. Ele berra pedindo para que tome cuidado, mas ela não ouve.

Com a água lhe tomando a cintura, sente dificuldade em se locomover, porém entende isso como uma maneira de aprimorar seu avatar. Os inimigos não aumentam em quantidade, e sim em tamanho e resistência. Quando finalmente dizima o último adversário de sua incumbência, a garota se volta para o anjo, encontrando-o ainda em batalha.

– Ei, Jeliel, já terminei aqui!

Ele não a ouve, bem como ela não percebe que, em suas costas, forma-se uma nova onda – notada apenas quando a repuxa pelas pernas. Arrastando-se pela areia submersa, ela deixa escapar um grito. O medo nasce rápido ao conferir a gigantesca parede de água que sobe em parte escurecida pelo semblante de um demônio, forte como a dupla jamais havia enfrentado.

Engolida pelo mar, sua boca enche-se salgada quando, depois da penumbra do susto, é agredida pela força do golpe, perdida numa imensidão esverdeada. Todo o oxigênio em seu peito é despejado com a surpresa de estar aprisionada – e acima de tudo sozinha – num aquário sem paredes, chão ou superfície. Em desespero por se afogar, vê a face gigante e medonha, dotada de uma tintura escura semelhante à dos polvos, consumindo o vácuo esmeralda em roxo e negro. A bocarra cheia de espinhos remexe-se num riso sem som. A pressão da água tampa-lhe os ouvidos e a densidade perturba a dissipação do som de uma gargalhada grave, que chega atrasada.

– Muito bem. Outra vez aqui jogando essa porcaria.

Subitamente o afogamento se transforma na porta do banheiro aberta e na presença de uma fiscal acompanhada de um robô-ferramenteiro, usado para destrancar a cabine. A garota ainda ofega, repuxando a garganta como se não conseguisse inspirar.

– Posso saber o que está acontecendo? – a indiana, com a cara já decorada por marcas de expressão, controla-se para não berrar.

– Nada, Ophelia. Me desculpa, eu só... – ela baixa os olhos tentando, no computador, pausar o jogo antes que seu avatar seja derrotado.

É puxada pelo braço, mal tendo tempo de guardar suas coisas na mochila. No corredor, segue Ophelia a poucos passos, sem prestar atenção nos sermões dela. Sente o corpo pesado, como se encharcado, e o pulmão falhando. Tenta controlar isso fechando os punhos, engolindo a saliva com força, respirando fundo. Acima de tudo, por que ele não a havia ajudado? O que estava fazendo?

A porta da diretoria se abre revelando uma mulher enrugada. Atrás dela, uma sala escura senão pela luz da janela escondida por cortinas.

– Muito bem. – Elas sempre começam assim. – A mocinha ainda não parou de jogar essas porcarias em ambiente escolar.

– Perdão! Eu sei que prometi não fazer mais isso. – A baixa temperatura da sala e o cheiro de produto de limpeza incomodam.

– Prometeu, não é mesmo... Anna Francesca Bacci? – A diretora é muito velha. Escolhe ser assim porque acha que parecer uma anciã lhe confere respeito e sapiência. Demora até a se lembrar do nome da aluna, tendo que rever seu cartão ID com os óculos de aro dourado.

– Sim – Anna suspira, encolhendo os ombros, minguando-se.

– Olha, minha filha. – A mulher se apoia sobre a mesa, trançando os dedos compridos e flácidos, arroxeados pela idade – Vamos ter que comunicar seus pais. Você precisa de ajuda.

Ela se dispersa com a gagueira da diretora, novamente perdendo o foco dos pensamentos. Seus olhos encontram interesse num ponto fixo no papel de parede preenchido de arabescos. A cabeça velha continua falante, mas torna-se escura na periferia de sua visão. Pensa em Jeliel e, outra vez, por que ele não a havia salvado. Sente os olhos arderem, a vontade de chorar nascendo no tremor dos lábios.

– Você está me ouvindo, Anna? – A diretora para em silêncio, empurrando a carcaça para frente.

– Sim – o nariz de Anna encolhe, sugando o início do choro.

A mulher retorce os lábios ressecados, mas adornados com batom cor de rosa. Respira fundo e cospe o ar com uma parcela de raiva. Remexe as mãos cheias de unhas compridas e peroladas pedindo para que ela saia. Com a tiara confiscada, Anna parte pelo corredor olhando para os próprios pés: um após o outro, os sapatos de boneca com as pontas descascando. Desce o elevador até o oitavo andar e finalmente entra na aula, com quarenta minutos de atraso. Ophelia a acompanha, permitindo sua entrada, mesmo que o período já esteja finalizando.

Olhos crescem brilhantes para ela, primeiro bem arregalados para depois irem se minguando, escondidos pelas sobrancelhas, comprimidos pelas bochechas. Quando se senta numa das carteiras, pensa ter ouvido um riso que escapa mais alto do que devia. A professora pigarreia, retomando um assunto sem fazer questão das reações. Resta a Anna esperar o sinal de intervalo ressoar pelos alto-falantes da classe. Nas janelas, as gotas de chuva se unem, caindo pesadas até a divisória de madeira.

Usa o recreio para sair da escola. Anda direto até a esquina do quarteirão, segurando a sombrinha cor de rosa decorada com cabeças de Hello Kitty. Espera o semáforo abrir para poder ir até a calçada, na entrada do metrô. Pelas paredes de vidro da abertura, o projetor divulga o vídeo de uma propaganda. Para junto de outras meninas um pouco mais novas do que ela, encarando a imagem móvel que brilha em várias cores rápidas. A japonesa circundada por mil efeitos de animação anuncia, sem voz nem música, o que a legenda declara ser um novo modelo de *automaton*, agora customizável em aparência e personalidade. Três gritinhos invadem os ouvidos de Anna, já preenchidos por fones de ouvido.

Retira o celular do bolso da saia, conferindo rapidamente o *site* disposto ao fim da publicidade – que agora passa a ser uma sobre comida enlatada. As outras espectadoras voltam a correr pela calçada, brincando entre si com seus *kirugumi* para chuva. O polegar desliza pela tela enquanto Anna procura no portal maiores detalhes do produto. Decorado em tons claros de salmão, o *site* exibe várias imagens de bonecas vestidas de colegial japonesa com traços orientais. Bastante infantis e preenchidas por arte *pop* japonesa, as páginas contêm imagens de gatinhos, cachorrinhos e outros bichos sorridentes. Até que, finalmente, Anna encontra o anúncio de *Sweet Prince*. E mais um vídeo com a japonesa da propaganda.

– Argh. Não quero ouvir essa menina.

Desliza a tela e encontra um breve resumo escrito ao lado de duas imagens de divulgação do *automaton*. "*Sweet Prince* é o garoto dos sonhos! Aquele que nunca vai te abandonar, nem vai te dizer grosserias. Customizável, você pode escolher o cabelo que quiser, os olhos que quiser e até mesmo a personalidade! Com 1,70m de altura, *Sweet Prince* é o sonho de toda garota colegial que não vê a hora de se apaixonar." Anna deixa escapar um riso rápido, guardando o celular conforme entra no metrô para voltar em casa.

Durante a viagem, agora mais vazia, porém ainda sem lugar disponível, encosta-se em uma das barras de ferro, observando uma garota de uns doze anos acompanhada de um *automaton* de cabelos loiros e curtos, olhos azuis e rosto quadrado. De mãos dadas, os dois olham para a mini TV que desce do teto do trem. Ambos boquiabertos, ambos se movendo apenas ao nível da respiração torácica. Anna repuxa os lábios, sentindo uma ponta de aflição e de inveja. A garotinha desce o rosto no ombro firme do *automaton*. Anna prefere olhar para outra direção, apertar as pálpebras e pensar sobre qualquer coisa, menos aquilo.

Somente ao chegar em casa, comendo *noodles* na embalagem, entende o que sentiu no metrô. Confere no Google alguns *blogs* de meninas que já haviam comprado e recebido seus *Sweet Princes*. As opiniões se mostram quase sempre as mesmas: positivas senão exaltadas, transbordando em alegria.

"Eu acho que não estou me sentindo tão sozinha assim para precisar disso", pensa. No entanto, encontra nas pesquisas a página de uma americana que diz ter conseguido fazer *upload* de um avatar de *Transylvania*, um *reality game* bastante jogado por góticos que brincam de vampiro. Ela até chega a fazer um vídeo, no qual seus olhos muito grandes e pintados de preto arregalam-se enquanto ela despeja toda a felicidade por ter trazido seu Tuomas para o mundo físico. No fim da gravação, o *Sweet Prince* de cabelos pretos e olhos vermelhos acena. O sorriso adornado por presas.

Terminada a refeição, Anna procura outra tiara na gaveta do criado mudo. Respira fundo e conecta-se em *Aethereality*. Novamente está encarando o demônio imerso no mar agitado, mas agora tem fôlego – um *bug* no *checkpoint*. Com a espada ainda em mãos, conjura a aura rósea em volta da lâmina, erguendo-a ao lado da cabeça conforme o vulto liquefeito avança cheio de rostos demoníacos. Bifurcando-se e dissolvendo-se na água, o monstro volta a se reunir em um tom negro-violeta, reformando-se, retomando a face medonha e intocada pelo golpe. O fôlego se extingue e a mensagem de *Game Over* vem na forma de um clarão.

Deitada sobre a areia, Ichigo tem as roupas ainda molhadas. Acorda cuspindo água, retorcendo-se para o lado. Jeliel está sentado à direita, abraçando os joelhos, de costas para ela. Levantando-se, tosse mais algumas vezes antes de coçar a garganta. Os cabelos rosados colados à face, ainda respingando.

– Eu perdi – segura o peito, sentindo-o doer.

– É, eu também. – A testa dele franze, a expressão cálida deturpada pela frustração e pela luz forte do sol poente.

– Desculpa. Não sabia que isso ia...

Ichigo é silenciada pelo ato brusco de Jeliel, que a toma nos braços, abraçando-a com força, os ombros tremendo. O corpo dele vacila, a respiração range como se estivesse com os pulmões falhando. Parece chorar. O calor do rosto dele denuncia isso.

– Me perdoa por não ter ido te salvar.

– Tudo bem. É só tentar de novo. – Ichigo se afasta, segurando-o pelos ombros, reparando que Jeliel não chorava, mas se sentia envergonhado. – Vamos sair daqui.

– E para onde vamos?

– Manhattan.

– São vinte dólares para fazer o *download* de Manhattan.

Ichigo escreve na areia, com a ponta do dedo, o código de seu cartão de crédito. O brilho saído dos números faz com que os dígitos sumam e a compra se finalize.

Jeliel lhe dá a mão, oferecendo ajuda para se levantar. Ela aceita, pondo os braços para o alto conforme o anjo a toma para si. Em pé, ambos correm para o mar, já que nas costas dele uma nova penumbra cresce. As asas de penas brancas se abrem enormes, uns três metros cada, e com o impulso da corrida, erguem voo.

Do horizonte de água crescem prédios, postes de iluminação, semáforos e antenas. O céu alaranjado desfaz-se num cinza nublado, o sol transformado em lua cheia. Do mar nasce o asfalto e a água escorre pelos bueiros e ascende em forma de gente, de latões de lixo, de carrocinhas de *yakisoba* e cachorro-quente. O som das ondas torna-se o estouro de um escapamento, o cheiro de maresia vira chuva evaporada da calçada quente.

Aos poucos, eles aterrissam no terraço de um prédio cheio de antenas. Com os pés sobre o concreto e as roupas já enxutas, Ichigo toma as mãos de Jeliel.

– O que você acha desse lugar?

– Eu gosto.

Ela hesita por alguns instantes, remexendo os olhos para algum canto do chão, depois para ele. A imagem intacta e lívida de um homem de ombros largos e feições sérias, maduras.

– Quero te levar para o mundo onde vivo.

– Não compreendo.

– Para o mundo real.

– Você quer dizer para *Aethereality*?

– Não, para o mundo onde as coisas existem de verdade.

A reação facial de Jeliel não é a melhor já vista por Ichigo. Seus lábios se abrem, como se tentados a dizer algo, mas não são capazes. O canto da boca treme quando os olhos deixam de enxergar a companheira e passam a encarar o chão entre as mãos deles, seus próprios pés. A chuva fina forma contas reluzentes pelos cabelos e pelas asas do anjo.

– Eu não posso – ele responde com a voz rouca e tímida, mas já tem o queixo erguido e a vista perdida no nada.

– É claro que pode. Eu sei como fazer. Só preciso saber se você quer.

Ele meneia a cabeça, abraçando-a outra vez.

– Quero te dizer que te amo por lá também – murmura.

Anna se desconecta e acessa novamente o site da Yume Inc. A mão úmida de suor embaça a tela do computador e ela resmunga por isso. Na página de customização, perde pelo menos meia hora acertando cada detalhe, cada característica precisamente disponibilizada nos menus, nas opções. Cada amostra de cabelo e de olhos é conferida em fotos amadoras feitas por blogueiras – assim Anna poderia confirmar como, na realidade, tudo aquilo deveria parecer. Terminada a montagem, o esboço do *automaton* em parte a recorda Jeliel, só que uma versão adolescente. Ela ri com seu nervosismo, pondo os últimos números da senha do cartão de seus pais. A compra foi finalizada. O prazo de entrega é de sete dias.

A semana de espera corre em *flash forward*. Os passos tornam-se mais ruidosos e rápidos, os dedos inquietos tamborilam quaisquer superfícies encontradas. A ansiedade rói suas unhas e duplica suas olheiras a cada sono perturbado, a cada pesadelo que a faz acordar e permanecer insone. Toda vez que o interfone toca, toda maldita vez que um *e-mail* chega: o mesmo desespero. E são só alertas de atualizações para o *Aethereal*, preenchendo a caixa de mensagens.

Porque Deus amou o mundo de tal maneira, que deu o seu filho unigênito para que todo aquele que n'Ele crê não pereça, mas tenha a vida eterna.

No meio de um cochilo no sexto dia, o interfone toca e a tela se preenche com o tédio do entregador de encomendas. Descendo o elevador, os andares parecem mudar muito lentamente. Ela remexe a perna, os dedos agarrando o corrimão de acessibilidade. Abrindo a porta no térreo, não tarda para que ela dê um impulso que a leve direito ao portão. Sem se importar com a chuva, ela agarra as grades de ferro que só deslizam quando o porteiro virtual reconhece sua face. O entregador está de costas, carregando um pacote retangular e aparentemente pesado.

Quando liberada a passagem, ela contrai os lábios, limitando-se a responder às perguntas apenas com gestos. O entregador não se incomoda. Sente-se responsável apenas por coletar a assinatura dela e partir para um novo destinatário. Tendo isso registrado, ambos se dão as costas e, entre os braços de Anna, está o caixote plastificado de quase trinta quilos. Nem sai do chão. Completamente molhada pela tempestade, ela olha ao redor e se vê sem a menor chance de encontrar alguém para ajudá-la a carregar o pacote.

Há caminho que ao homem parece direito, mas o fim dele são os caminhos da morte. Até no riso terá dor o coração, e o fim da alegria é tristeza.

Por detrás do portão trancado, ela e a caixa se encaram irresolutos.

Felizes os misericordiosos, porque serão tratados com misericórdia.

Enrijecidos, os braços e os dedos resfriados pela chuva agarram o embrulho e passam a puxá-lo. Teme que isso acabe estragando o *automaton*, mas como faria se não fosse assim? Aperta nos dentes o ódio e a desolação. Apenas alguns metros e já estão diante do elevador. Os pés molhados deixam passos úmidos pelo chão marmóreo do *hall* de entrada. Só mais um tanto e acabaria. Aperta o botão, empurrando a caixa para dentro do elevador.

Permanece calada até finalmente estar dentro de casa. Com a porta fechada, põe-se desesperadamente a arruinar a embalagem com as próprias unhas, curtas e lascadas. Desfaz as fitas adesivas nas bordas do papelão, abre a embalagem na reminiscência de presentes natalinos: como seria a boneca por trás do pacote? A caixa de plástico duro é enfeitada com as mesmas caricaturas de bichinhos que o site possuía. Destrava a lateral com pouca delicadeza, tornando o processo mais difícil e menos eficaz. Ao abrir o lacre, revela-se o corpo deitado e a face dormente de uma réplica rejuvenescida de Jeliel. Já de joelhos, ela sente o corpo fraquejar. Mas não pode. Corre para o quarto trazendo consigo cabos, um canivete suíço e o computador portátil.

O meu mandamento é este: amem uns aos outros como eu amo vocês.

Pondo-o em seus braços, toma-o pela nuca e pelas costas despidas de asas. Com o canivete em mãos, põe a lâmina à mostra. Precisa abrir a pele sintética na altura dos cabelos, para ter acesso ao cartão de memória do *automaton*, onde se aloja o *software* de inteligência artificial. As mãos trêmulas e úmidas não vacilam ao cortar um quadrado retorcido, puxando-o como um adesivo, sem destacá-lo. Retira a peça, alocando-a no computador. O programa *haxor* a ajuda a eliminar o conteúdo original, formatando-o antes de inserir o pacote da inteligência artificial baixada de *Aethereality*.

E conhecereis a verdade e a verdade vos libertará.

São necessários alguns minutos para que o *upload* do arquivo finalize. Cinco, dez... Ao completar dezessete minutos, o processo conclui. Anna transpira, os lábios tremendo de frio, enquanto a chuva em suas roupas e cabelo seca com o ar condicionado. Assim que a transferência termina, ela tira o *automaton* da caixa, pondo-o no chão. Os cabelos prateados e sintéticos se espalham pelo piso de madeira. O mesmo rosto andrógino e os lábios finos, o maxilar demarcado.

– *Sweet Prince*, ligar.

As pálpebras se abrem depressa, revelando as mesmas íris verdes que Anna há tanto não via.

– Ichigo? – Ele se levanta depressa, deixando um ruído metálico escapar por entre suas juntas.

O rosto de Anna oscila, como se uma gargalhada nascesse na garganta. As mãos sobem à boca, num sorriso de sobrancelhas contraídas. Em vez de riso, os lábios vertem um gemido. Uma euforia escondida atrás dos dedos. As lágrimas caem pesadas e grossas, espalhando-se pelas bochechas machucadas pelo frio. O *automaton* franze o cenho, erguendo os braços de maneira a trazer Anna para perto. Aloja a cabeça da garota em seu peito coberto por uma simples camisa de linho branco.

– Calma, Ichigo. – A voz é a mesma, com um quê da acústica do alto-falante alojado entre o nariz e a boca.

– Eu consegui – ela repete incrédula, agarrando-se ao tecido das roupas dele. Sente os braços do *automaton* em volta de si, mais fortes e menos delicados que o comum.

– É, eu acho que sim – o anjo de asas mutiladas ri. – Sou um anjo caído agora. Posso viver na terra dos homens, tendo abdicado de minhas asas.

Anna se afasta, olhando para a face endurecida do *automaton*. Limpa as lágrimas dos olhos.

– Eu abdiquei da minha aparência bonita de Ichigo. Agora sou só Anna – ela sorri melancólica, escondendo-se atrás dos cabelos castanhos desarrumados pela chuva.

– Sim, é verdade.

Jeliel a toma pelo queixo com apenas o indicador, de uma maneira como jamais havia feito em *Aethereal*. Ichigo quase nunca o olhava nos olhos. Anna sente o rosto se aquecer e a boca ressecar. Pela primeira vez, ela enxerga o rosto de Jeliel sem poder se desviar.

– Gosto mais de como você é aqui– ele responde, levando ambas as mãos ao fim do rosto da garota.

Anna sorri tímida, encolhendo os ombros do jeito que ela costumava fazer como Ichigo, e que jamais havia feito como si mesma.

– Eu te amo, Anna – ele murmura baixando as pálpebras de cílios compridos.

Ajoelhados no piso úmido em frente à porta de casa, Anna ganha seu primeiro beijo de um anjo na carcaça de um *automaton*.

Abandono

Andréia Szcypula

– Tive aquele sonho de novo, Clara! Não aguento mais.

– Ah, para com isso, Raquel, quem dera eu tivesse um sonho desses todas as noites, melhor ainda, quem dera ele fosse real. Seria demais!

– Você fala isso porque não é com você. É uma angústia, antes de deitar fico me revirando na cama. É como ter algo que você quer muito e quando está quase alcançando some num passe de mágica, sem contar o caos. Está ficando insuportável, nem meu terapeuta consegue entender o significado.

– Bom, espero que você consiga dar um basta nisso, mas se eu fosse você não encanava tanto, deve ser só uma fase. Faz assim, começa a dar esperanças para o Vitor para ocupar sua mente.

– Ah, claro, com certeza essa tática vai dar super certo. Bom, até amanhã.

– Mas amanhã é sábado, a gente marcou alguma coisa?

– Clara! Amanhã temos que fazer o trabalho de arte, a gente marcou na biblioteca, não acredito que você já esqueceu.

– Brincadeirinha, Raquel, amanhã estarei no horário em ponto.

– Combinado, então.

– Beijo.

Fazia dias que Raquel sonhava a mesma coisa. Já tinha comentado com a mãe, que ouviu interessada, mas depois conclui que não devia dar muita importância ao fato, assim como sua amiga Clara, que achava que Raquel só estava estressada com a época de trabalhos e provas finais do segundo ano.

Mas Raquel sabia que havia algo mais. O sonho a perturbava. Se fosse só uma bobagem ela não ficaria tão angustiada, afinal sempre tinha sido muito cética e racional, não acreditava em significados ocultos, premonições e vidências. Só que agora sentia que era algo diferente, que simplesmente não conseguia desvendar e, além de tudo, deixava-a irritada, porque sua lógica cartesiana não admitia a vontade de entender a droga que estava acontecendo.

A mãe e a melhor amiga até ficaram felizes com essa mudança de perspectiva de Raquel, já que muitas vezes se irritaram ao contar algo emocionante e intrigante e Raquel ir desconstruindo todos os "buracos" da história com argumentos factíveis e irrefutáveis, dado que Joana, sua mãe, e Clara eram o oposto de Raquel nesse sentido. Para que chegar à verdade pela lógica se podemos imaginar uma história incrível e romântica? Esse era o lema das duas pessoas que ela mais amava.

Raquel fazia terapia desde que o pai tinha saído de casa quando tinha oito anos, o que desencadeou nela um comportamento muito rigoroso. Não podia falhar em nada sem ficar extremamente frustrada e agressiva.

Joana achava que desde então a filha bloqueava seu lado emocional para privilegiar a razão, por achar que sofreria menos. Entretanto, Joana sabia que nada era tão simples, por não ser possível entender os atos de uma pessoa através de uma sequência lógica. Ela percebeu que Raquel ficava frustrada por não encontrar uma razão para seu pai ter saído de casa de maneira intempestiva.

A terapia a deixou mais leve e menos rígida, mas ela ainda achava importante frequentar as sessões pelo menos uma vez por semana. Jorge, o terapeuta, ajudava-a a entender o próprio comportamento. Ela se sentia desatando um fio cheio de nós até enxergar os problemas de maneira linear: causa e conseqüência. Por exemplo, quando percebeu a causa de sua fobia de aranhas – chegou até a tirar a camiseta em público uns dois anos antes, porque o bicho tinha grudado em sua roupa, um vexame –, deu-se conta de que sua memória mais antiga com aranhas era dos 4 anos de idade. Estava em sua cama de princesa quando uma aranha peludinha caiu bem no olho de sua boneca, o que a deixou bem assustada. De qualquer forma, o terapeuta sempre ponderava e dizia que aquela era apenas uma das possibilidades e que sempre haveria outras.

Logicamente, o terapeuta ficou interessado pelo sonho, mas não tirou nada do subconsciente, inconsciente ou consciente de Raquel. Eles não conseguiam identificar um elemento de ligação com o seu dia a dia. Jorge comentou que o sonho era um catalisador que "pegava" sentimentos difíceis de serem processados conscientemente e os jogava naquela válvula, mas novamente frisou que essa era apenas uma das hipóteses.

Tudo tinha começado há dez dias. Raquel voltava do colégio a pé, como de costume. Ela estudava na mesma escola desde o maternal, conhecia todos os alunos e todos a conheciam, coisa de colégio pequeno. De vez em quando, Vitor, um garoto meio afim dela, acompanhava-a até em casa. Ela não estava interessada nele, apesar de gostar de sua companhia, então não retribuía as investidas. Mas, de forma contraditória, indo contra o seu jeito racional de ser, ela não queria um namoro morno de colegial, e sim uma paixão arrebatadora, preferindo esperar o cara certo na hora certa, mesmo que Clara dissesse que ela estava louca e que devia dar uma chance para Vitor.

O dia parecia normal. Raquel teve uma aula de geografia, uma de biologia – não gostava muito de biologia, mas o professor era bom e ela se esforçava – mais uma aula de matemática, intervalo, matemática de novo, e, para fechar, duas de literatura.

Dessa vez, a aula tinha fugido do tema do livro e desenrolado um debate sobre os filósofos existencialistas e sua influência na literatura. Ela não conhecia muito bem o existencialismo, mas tinha se interessado bastante. Gostava da ideia de os homens serem responsáveis pela própria existência e por suas decisões, sem caírem nos jogos do acaso e da religião. Em casa, evitaria comentar do tema com a mãe. Apesar de não ter uma rotina religiosa, ela trazia crenças enraizadas como a percepção da vontade de Deus nos acontecimentos de nossas vidas.

Raquel não sabia bem no que acreditava. Experimentou algumas religiões sem levá-las a sério e agora se via interessada nos textos de Dostoievski e Sartre.

– Típico, vindo de você – Clara tinha comentado no término da aula. – Raquel, você precisa ser mais emocional. As pessoas precisam acreditar em alguma coisa para lidar com situações difíceis da vida.

– Mas, Clara, eu não estou dizendo que as pessoas não podem ou não devem crer em nada, eu mesma já procurei auxílio espiritual, digamos assim. Mas ninguém deveria depositar todas as suas fichas nisso. O melhor é parar de contar sempre com a bondade divina e acreditar mais na própria capacidade de discernimento e se responsabilizar pelas coisas que acontecem com elas. As pessoas usam religião como muleta pra tudo.

– Mesmo? Será por que as pessoas têm muitos problemas para lidar? – Clara, ironizou.

– Tá bom, não vou discutir com você, é só a minha opinião, tá?

– Olá, meninas! Posso me intrometer na conversa? – Vitor interveio com um sorriso que parecia escapar do rosto.

– Oi, Vitor, pode sim, a gente já tinha terminado – Clara respondeu de pronto.

– Na verdade, vim perguntar se querem ir ao cinema comigo e com o Rodrigo, amanhã.

– Puxa, Vitor, eu gostaria, mas não vai dar, tenho que terminar um trabalho.

– Ah, Raquel, relaxa um pouco, a gente assiste ao filme, dá um pouco de risada.

– Talvez no fim do mês, depois das provas – Raquel respondeu sem pensar, se arrependendo em seguida. Achava Vitor muito bonito e divertido, ele não ficava bobo perto dos amigos, mas ela não sentia nada "romântico" por ele e achava errado dar qualquer esperança. Ainda assim, gostava de tê-lo como amigo.

– Vou cobrar! Eu queria te levar em casa, mas tenho treino agora.

– Não tem problema. Até amanhã.

Vitor se afastou e Clara olhou Raquel com desaprovação. Sabia que só ia se irritar com a amiga, esnobando um cara como Vitor. Raquel fingiu não perceber a cara feia de Clara, despediu-se e logo estava no caminho de casa.

Sem o episódio de Vitor na cabeça, ela ficou pensando no tema da aula. Será que religião e existencialismo eram totalmente opostos? Filosofava sobre o assunto enquanto andava. Gostava desse caminho por ser tranquilo e vazio. Ela passava sempre por um casarão diferente, meio desgastado, com várias camadas de tinta aparente e um terraço com uma estrutura de ferro bem rebuscada. A casa tinha muitas flores e uma árvore imensa com o tronco grosso, e as janelas tinham vitrais enormes. Raquel nunca via ninguém na porta, mas sabia que a casa não estava abandonada, porque o jardim permanecia bem cuidado e os vitrais estavam sempre limpos, sem uma rachadura sequer. Achava estranho não ver ninguém saindo nem entrando, não ouvir nenhum som. Era como se o tempo tivesse parado além dos portões de entrada.

E foi justamente quando estava em frente aos portões desse lugar que Raquel ouviu um estrondo inacreditável. Ela perdeu o equilíbrio e caiu no chão com os cadernos, sem ação. Viu os ferros do terraço se entortarem como se fossem feitos de massa de modelar e os vitrais começarem a estourar, em sequência. Um após o outro, foram se quebrando até estarem totalmente destruídos. Raquel não se protegeu, não colocou as mãos no rosto, não se virou. Viu a cena como se ocorresse lentamente em uma tela de cinema. Quando despertou do transe, olhou em volta e viu os cacos espalhados, mas notou que perto do seu corpo não havia nenhum estilhaço. Parecia que um campo de força a tinha protegido.

Então, recolheu suas coisas e continuou a andar.

Assim que chegou em sua casa, o telefone tocou:

– RAQUEL? – Ah, minha filha, que bom que chegou. Liguei para o seu celular várias vezes e você não atendia!

– Ah, mãe, esqueci de carregar e acabou a bateria no intervalo da aula. Mas por que tanto desespero? Você nunca me liga nesse sufoco todo. Aconteceu alguma coisa?

– Eu que pergunto, Raquel! Liga a televisão! Eu vi na hora do almoço em um restaurante perto do escritório que aconteceu uma explosão bem no seu caminho! No casarão...

Raquel não ligou a televisão e sentiu como se já soubesse do que a mãe estava falando, numa espécie de déjà vu.

– Pode ficar tranquila, mãe, já estou em casa, não passei por lá hoje.

Desde a separação dos pais, Raquel evitava dar motivos que preocupassem a sua mãe. Era sempre ponderada por achar que Joana já tinha problemas demais para ela se tornar mais um.

Foi nesse dia que Enkeli entrou em sua vida.

O sonho começava com ela em um campo vasto, o sol se pondo no horizonte. Raquel corria e sentia alguém tentando alcançá-la sem que ela pudesse ver seu rosto. No instante em que seu perseguidor a tocava de leve nos ombros, ela era transportada para um lugar escuro, urbano, um beco meio sujo. Ao seu lado, sempre a mesma pessoa sem rosto. De maneira contraditória, ela se sentia segura com ele, e ao mesmo tempo eufórica a ponto de o coração acelerar.

Foi assim nas duas primeiras noites. Raquel acordava no mesmo ponto, irritada por não saber quem estava com ela. Conforme as noites se seguiram, ela avançou e captou mais detalhes da história como se fossem fases de um jogo.

No quinto sonho, Raquel foi levada para o interior de uma casa abandonada com o garoto misterioso. Um dia antes, descobriu que ele se chamava Enkeli ao vê-lo escrever o nome no chão com um pedaço de carvão, durante uma caminhada.

Raquel já distinguia alguns traços do seu rosto, via suas mãos nitidamente e sentia o corpo paradoxalmente forte e frágil. A cada noite, ela parecia mais conectada a ele, mas não conseguia descrever para Clara, para o terapeuta ou mesmo para sua mãe as emoções que sentia. Era um sonho intenso, com muitas sensações ao mesmo tempo: medo, euforia, excitação, dor, prazer, tristeza, alegria, amor, raiva, pânico, paz.

Na sexta-feira à noite, depois de rolar na cama, Raquel sonhou a mesma sequência rapidamente até chegar ao ponto onde tinha parado na noite anterior. De cabeça baixa, Enkeli a abraçou, deslizando os dedos por seus cabelos, com delicadeza. Ela notou que ele sentia o seu perfume, inalando profundamente, como se quisesse gravar o cheiro em sua memória. Relutante, ele começou a se afastar, soltando os braços até que ela pudesse ver o seu rosto.

Foi... Assustador! Ele era muito bonito, tinha os cabelos muito negros, meio bagunçados, os olhos conseguiam ser mais negros do que os cabelos e a pele era bronzeada. Raquel não sabia a razão, mas estranhou que Enkeli tivesse uma barba cerrada e uma pequena cicatriz acima da sobrancelha. Mas não foram seus traços fortes que a deixaram sem fôlego, foi a energia dele. Parecia que os olhos estavam queimando em chamas e que a pele irradiava um calor reconfortante. Era como entrar em uma banheira de água quente em um dia muito frio. Ele deu um meio sorriso, parecia triste. Virou-se e foi embora.

Raquel não conseguiu impedir sua partida. Ficou sem se mover e, quando ele finalmente se foi, entrou em desespero.

Despertou de forma abrupta e percebeu que estava chorando lágrimas reais.

Raquel levou algum tempo para se acalmar, estava aliviada por estar sozinha em casa. A mãe havia saído, e ela ainda tinha tempo para se recompor antes de encontrar Clara na biblioteca. Enquanto tomava banho, lembrou-se da dor que sentiu ao ver aquele cara partindo e o quanto desejava que ele voltasse e corresse para abraçá-la. Pensou também que os existencialistas deviam realmente odiar esse tipo de arroubo sentimental, e começou a rir sozinha.

Mais tarde e mais calma, Raquel encontrou Clara na entrada da biblioteca.

– Hum, já vi que não dormiu bem.

– O que me denunciou? Minhas olheiras ou meu andar arrastado?

– O seu ar de quem está sonhando acordada.

Sem graça, Raquel respondeu:

– Tudo isso deve ser ansiedade por causa das provas e dos trabalhos mesmo. Vamos entrar?

Ela tentou se concentrar, mas chegou um momento em que parou de fingir que prestava atenção nas explicações de Clara sobre os pintores renascentistas. Não que Clara estivesse incomodada, eram amigas há muito tempo e sempre respeitaram seus momentos.

Raquel folheava alguns livros aleatoriamente quando se lembrou do nome Enkeli. Curiosa, aproveitou que estava na biblioteca e foi para o computador fazer uma busca. Logo surgiram textos em uma língua que ela desconhecia. Ao pedir a tradução no site, descobriu que Enkeli significa anjo em finlandês.

– Finlandês! De onde fui arrumar um sonho com nome finlandês? – E riu.

Foi nesse instante, ao olhar novamente a tela do computador, que percebeu um reflexo familiar.

Raquel sentiu o rosto perder a cor, as pernas ficarem bambas e o coração gelar. Ao se virar, viu um vulto partindo.

A reação foi instintiva. Sem pensar duas vezes saiu correndo. Clara, quando percebeu o movimento, tentou seguiu atrás, mas a amiga já estava distante.

Raquel nem percebeu os gritos de Clara, que desistiu de alcançá-la e preferiu voltar para recolher suas coisas na biblioteca. Depois, foi direto para a casa dela. Ou ela encontrava Raquel e dava um tremendo sermão por assustá-la, ou conversava com a mãe dela para irem procurá-la por aí.

Enkeli poderia desaparecer como fumaça, sem se revelar, mas já não sabia ao certo o que fazer. Apesar de ser livre, estava preso nesta situação por um descuido dele mesmo.

Naturalmente mal humorado, ficou ainda mais irritado ao pensar que transformara a vida de uma pessoa que não merecia as revelações que ele precisaria fazer para consertar a situação. Porém, também não se sentia no direito de deixar Raquel sem explicações. Os sentimentos dela se tornariam cada dia mais intensos até que enlouquecesse por não conseguir lidar com eles. Com certeza, a consequência disso para Enkeli seria ficar séculos, talvez milênios, relegado a um canto obscuro da Terra sem comunicação com seres de espécies diferentes da sua.

– Como eu pude ser tão estúpido? – pensou em voz alta.

Entrou em uma praça deserta em uma rua pequena, enquanto Raquel se aproximava ofegante, da maneira que ele planejou. Raquel deveria correr atrás dele, mas Clara precisava vê-la fazer isso.

– Quem é você? Que droga é você! ENKELI, por que você está fazendo isso comigo? – gritava Raquel.

Quando Enkeli apareceu, ela teve a mesma sensação dos sonhos. Ele irradiava a mesma energia, e a cicatriz também estava lá.

– O que é essa cicatriz?

Sorrindo, meio irônico, ele respondeu:

– É isso que eu adoro nos humanos. Perdem o foco do essencial para analisar os detalhes insignificantes.

– Eu enlouqueci?

– Não, você não está louca. Ainda. Vai ficar se eu não fizer algo por você.

– Co...como?.. Não... entendi.

– Calma, não precisa gaguejar, eu vou te contar o que você precisa saber, do início ao fim. E você terá pessoas com quem poderá contar.

Dito isso, Raquel tentou tocar a ponta dos dedos no peito de Enkeli que, rápido, desviou e assumiu um tom mais ríspido.

– Nem pense nisso, você não aguentaria. Os humanos NÃO podem tocar em anjos!

Mais recomposta, Raquel também armou sua língua ferina:

– Anjo? Meu bem, como pode um anjo mal humorado e sarcástico que fala português e tem nome finlandês, cicatriz na cara e barba cerrada? Nem no Hell's Angels, deve ter alguém assim.

– Vamos por partes, a cicatriz foi em uma briga com um anjo caído, só eles conseguem nos deixar marcas. Eu gosto do visual barba cerrada. Como posso escolher minha forma humana, curto um estilo mais moderno. Os anjos também evoluem em questão de estilo, fique a senhorita sabendo. Eu falo todas as línguas vivas e mortas da Terra e a língua dos anjos, e é por causa da minha língua paterna que estamos aqui. Eu tenho nome finlandês porque fui criado pelo meu Pai naquela região. Na verdade nem é nome, Enkeli é um apelido, meu nome verdadeiro é muito extenso. E por que eu não poderia ser mal humorado? Anjos não são perfeitos. Você anda lendo muitos romances.

– Eu tenho tantas perguntas. – Raquel não sabia como absorver aquilo. Tinha certeza de que Enkeli não estava mentindo e sabia que ninguém acreditaria se contasse o que acabara de ouvir.

– Raquel, eu não vim aqui ficar tirando suas dúvidas. Você vai continuar com elas, sinto muito. O que os humanos geralmente querem saber são segredos entre o céu e a terra. Eu estou aqui para partir o seu coração e contar o necessário para você se libertar de mim.

Raquel não disse nada, pois sabia que não conseguiria articular as palavras.

– Há 11 dias, voltando do colégio, você passou por um casarão com belos vitrais e um terraço de ferro, não foi? – prosseguiu Enkeli.

– Já faz muito tempo.

– Lembre-se, Raquel, agora você tem permissão para recordar.

A expressão dela começou a mudar, horrorizada. Ela reviu cada segundo do acidente, a árvore, os vitrais, a explosão, o fato de nenhum destroço tê-la atingido.

– Eu estava dentro do casarão minutos antes de você passar. Estava nervoso porque faz milhares de anos que estou na Terra e queria visitar minha casa. Aquele casarão é uma espécie de santuário para nós, um dos lugares que usamos para pensar, refletir e contatar nossos superiores. Pelos meus pensamentos, me comuniquei com uma hierarquia superior a mim pedindo permissão para sair, e ela me foi negada. Não é difícil adivinhar que fiquei muito irritado, e por isso acabei fazendo uma besteira – falei alto na língua dos anjos: – Por quê?

– Por quê?

– É! Por quê! Só que a língua dos anjos não deve ser pronunciada na Terra, pois causa o caos. Mesmo os anjos caídos não a pronunciam, assim mantemos o equilíbrio e... Bem, não é do interesse de ninguém que a Terra exploda.

– E o que eu tenho a ver com isso? – perguntou Raquel, tensa.

– Quando começaram as explosões, eu me dei conta do que tinha feito. Vi você em frente ao casarão e me coloquei ao seu redor para que os estilhaços não a ferissem. Eu tinha cometido uma estupidez e não podia deixar que isso prejudicasse um ser humano. A culpa corrói um anjo.

– Mas vocês não foram feitos para isso? Quer dizer, vocês não devem nos proteger sempre? Por que fiquei tão confusa depois? Porque eu comecei a sonhar com você?

– Primeiro, nós não fomos feitos para proteger vocês. Como vocês são egocêntricos! Nós somos outra parte da existência. Assim como existem moscas e baleias, existem anjos e humanos. Nós temos dons e privilégios que vocês não têm, como ver o rosto do meu Pai, por exemplo, mesmo que uma única vez. – Enkeli murmurou a última parte.

– Puxa, somos parecidos nisso, eu também não vejo meu pai há muito tempo.

– Posso continuar?

– Desculpe.

– Como eu ia dizendo, às vezes ajudamos quando há alguma força tentando desequilibrar o yin yang do mundo. Mas não podemos de forma alguma machucar ou tocar em um ser humano.

– Isso explica muita coisa – Raquel disse pensativa. – E você me tocou?

– Claro que não, Raquel! Você está me ouvindo? Se eu tocasse em você, você teria enlouquecido na hora, é uma energia que vocês não são capazes de lidar.

– O que aconteceu afinal?

– Na hora da explosão, um fio do meu cabelo tocou no seu rosto e de alguma maneira... como eu posso explicar? Digamos que eu fiquei impregnado em você, entendeu? Mas ao contrário dos perfumes que vão saindo, nós, anjos, vamos ficando, e a pessoa não segura a onda muito tempo. Pelo que percebi, a pessoa vai endoidando aos poucos. O problema é que, na hora, não me liguei que isso tinha acontecido. Eu apaguei da sua mente a explosão e você parecia normal, só que o seu inconsciente me chamava sempre que você dormia, e eu acabava aparecendo nos seus sonhos.

– Então era real?

– Estávamos em outro nível de consciência. Não era real, mas também não era mentira. As sensações eram verdadeiras, cada uma delas, mas eu não tinha controle das minhas ações.

– Então, você não... quer dizer, o nosso abraço...

– Não era eu, eu só via o que você via, como num filme.

Raquel sentiu o coração se apertar. Enkeli não havia mentido quando disse que tinha ido encontrá-la para partir o seu coração. Ela só não imaginava que pudesse doer tanto.

– Raquel, me perdoe.

– Você disse que não pode ferir um humano? Você é um mentiroso. Como eu vou conviver com isso? Eu não vou suportar, Enkeli. Eu já fui abandonada uma vez e agora isso? – Raquel falava baixo com uma raiva incontida no rosto.

Enkeli teve o impulso de estender a mão para confortá-la, mas recuou a tempo. Sabia que o momento mais difícil ainda estava por vir.

– Raquel, eu vou me desvencilhar de você.

– Não! Eu não disse isso! – Raquel ficou apavorada com a possibilidade de apagar as lembranças de Enkeli.

– O que você quer? Amar um anjo que não te ama da mesma forma? Sonhar com ele e sentir emoções que fogem à razão humana por causa de um fio de cabelo? Vai enlouquecer sem família, amigos e namorados só porque eu fui estúpido?

Raquel ouviu. Sabia que sua mãe não suportaria perdê-la. Seu lado racional a lembrava de que tinha uma vida pela frente, que Enkeli estava certo. Porém, nada doía mais do que saber que ele tinha sido um mero espectador de seu desejo.

– E como pretende fazer isso? E se der tudo errado de novo?

– Para evitar novos problemas, pedi orientação sobre o que fazer. Como não foi um toque verdadeiro e você ainda está lúcida para entender o que houve, é possível reverter a situação. Eu preciso recitar um mantra de um povo místico, extinto há muito tempo.

Raquel não queria mais explicações e começou a gritar quando percebeu que não tinha outro jeito:

– Então faça de uma vez. Eu nunca mais quero sentir o seu cheiro nem ver o seu rosto. Não quero lembrar o seu nome. AGORA, ENKELI!

Enkeli aproximou-se de Raquel e começou a emanar uma luz sobre ela, enquanto recitava o mantra. Ele não explicou a ela que nunca tinha visto um ser humano se apaixonar por um anjo. Apesar de os humanos fantasiarem sobre isso, era algo antinatural. Um anjo, apesar de imperfeito, era um ser muito mais puro do que o homem, e não conseguiria conviver com a crueldade de um humano. Os anjos cometiam erros, ele era a prova disso, mas nunca o faziam por serem cruéis ou maldosos, somente por imprudência.

Quando Raquel acordou, estava em sua cama. Sua mãe contou que ela teve um colapso por stress a caminho de casa. Foi Clara quem alertou sobre seu estado e a ajudou quando a encontraram, sentada, no banco de uma praça, meio atordoada.

Raquel prometeu a mãe que iria se preocupar menos e se divertir mais. Incrivelmente, não falava isso da boca para fora. Sentia-se leve e feliz como há tempos não se sentia.

Naquele verão, renovada, ela passou para o terceiro ano e aceitou pela primeira vez um convite para ir ao cinema com Vitor, só os dois.

– Estou feliz por ter vindo.

– Eu mais ainda. Pensei que você nunca me daria uma chance de provar como sou muito mais legal do que você pensa.

– Eu sabia que você era legal, não sabia é que você era tão modesto.

Os dois riram.

Somente durante a noite, momentos antes de dormir, sentia uma pequena pontada no coração e uma ansiedade que logo passava. Um problema físico foi descartado pelo médico, deixando-a mais aliviada. Mas a sensação reaparecia toda noite, e seria assim para sempre. Uma pontada, um pesar e, em seguida, alívio.

Desde a explosão, Enkeli acompanhava cada dia e cada noite de Raquel. Julgou ter feito a escolha certa, não só de ir embora, mas de não contar que jamais esqueceria o cheiro do cabelo dela, e que aqueles sonhos eram reais... para os dois.

Distante, jamais poderia dizer que nunca acreditara nas histórias de anjos que se apaixonam por um humano até acontecer com ele.

Agora, a única coisa que lhe restava, era cuidar de Raquel para sempre.

Contagem Regressiva
Iris Figueiredo

Acordo e o procuro na cama ao meu lado. Os lençóis estão revirados e a cama está fria.

Vejo-o em pé, parado, observando a cidade através da janela do quarto. Seu cabelo castanho e cacheado está bagunçado e ele veste uma calça de moletom. Faço uma careta, mas ao observar as suas costas com a marca avermelhada em formato de V invertido, sinto meu corpo gelar. Sei que ele sabe o que estou pensando, mas não me importo. Isso me dá uma sensação de segurança, de uma forma esquisita. Em certos momentos isso me incomoda, mas agora não.

O calendário marca vinte de dezembro. Eu sei exatamente o que isso significa, mas quero me fazer de desentendida, antes que eu comece a chorar e agir como alguém fraco. Não gosto de demonstrar fraqueza, nem mesmo nos momentos extremos. Apenas quando estou sozinha eu deixo isso acontecer. Quando estou entre outras pessoas, visto minha armadura e finjo que tenho um coração de pedra.

Faz exatamente um ano que o conheci – um ano desde que precisei dele.

Eu gostaria de dizer que a aparência do dia era triste. Era para ser um dia cinzento, daqueles com chuva fraca, mas incessante. Como se o dia estivesse chorando, como eu me sentia. Mas a verdade é que o dia estava lindo – mais colorido do que nunca, com passarinhos cantando e tudo que pinta um cenário perfeito. Como sempre, ele estava zombando de mim. As coisas e as pessoas geralmente parecem fazer isso o tempo todo, mas eu não gosto de me fazer de vítima. Estava parada ao lado do túmulo de mamãe, me despedindo. Acho que ela gostaria que o dia de seu enterro fosse assim, bonito. Gosto de pensar que estava me observando de algum lugar, sorrindo e dizendo que tudo ficaria bem. Eu pensava que ela se tornaria meu anjo da guarda.

– Eu sempre estarei olhando por você, em qualquer lugar que eu esteja – sempre me disse.

Ela não virou meu anjo, no fim das contas, mas acho que, de algum jeito, fez com que ele aparecesse.

Pelo reflexo do vidro, posso vê-la. Ela está enroscada nos lençóis, os agarra com força. Parece que precisa disso para viver. Eu vejo seu cabelo claro caído nos ombros, seus olhos castanhos acumulando lágrimas. Ela sabe que já chegou a hora, mas não tenho coragem de olhá-la nos olhos.

Ela está pensando no dia em que me viu pela segunda vez, embora ela ache que foi a primeira. Nunca vou contar que já tínhamos nos encontrado antes, mesmo que ela desconfie. Eu a vi entrar no táxi após deixar o cemitério. Seus olhos estavam distantes naquele dia, assim como estavam hoje. Sabia que ela sentia tanta dor que estava prestes a explodir.

Sempre a protegi de longe, sem ela perceber. Eu ficava à espreita, esperando o momento em que precisasse de mim. Não era apenas ela que eu observava – eu tinha uma lista de designados e precisava estar perto deles, prestando atenção. A minha função era apenas observar. Mas com ela se tornou algo a mais.

Não podia imaginar o que aconteceria a seguir, isso estava fora do meu controle. Tinha que confiar nos meus instintos. E eles me diziam: siga-a. Foi isso o que fiz.

O táxi andava rápido. Era pleno verão e as ruas daquele bairro estavam vazias. Provavelmente, a maioria das pessoas estava no Centro fazendo compras de Natal. Mais tarde ela me confessou que não se importava mais com o Natal, mas disso eu já sabia.

A rua era arborizada e estreita. Era muito difícil notar caso outro carro entrasse rapidamente na rua. Mal havia espaço para dois carros de passeio ficarem lado a lado. E o motorista ia rápido demais.

Tudo aconteceu em fração de segundos. Ele deveria ter parado no cruzamento e observado se algum carro vinha naquela direção. Deveria ter sido mais cuidadoso, afinal, era a profissão dele. Mas ele não teve um pingo de cuidado. Deveria ter feito muitas coisas, mas não. Pode ter sido bom para mim, pois só assim pude finalmente entrar em contato com ela.

Com certeza não foi bom para ele.

Uma picape que transportava um casal veio em alta velocidade e, por sua falta de atenção, o motorista demorou um pouco mais do que o permitido para frear. Tudo aconteceu em câmera lenta. Antes que os dois carros colidissem, eu entrei em cena.

Ele senta ao meu lado. Eu sorrio e o abraço, ignorando qualquer onda de tristeza que queira vir. É o último dia com ele, faltam poucas horas. Eu não posso desperdiçar. Ele tem um cheiro tão bom, um misto de todas as coisas boas. De uma forma inexplicável, me passa uma segurança que há muito não sentia.

Não quero perder isso. Não posso esquecer isso.

Eu tinha cinco anos. Era primavera e eu estava passando o fim de semana no sítio da minha avó. Sempre gostei de brincadeiras que minha mãe considerava “coisa de menino”. Naquele dia, resolvi subir na maior árvore que havia por ali. Quando consegui alcançar o ponto mais alto, me senti livre. Sentada no galho mais resistente que encontrei, sacudia minhas pernas e observava o lugar esverdeado. A sensação era maravilhosa. Assim foi até minha avó me chamar para o almoço e eu precisar descer. Não conseguia encontrar uma posição confortável, a única maneira era pular no chão – e era muito alto.

Quando se tem cinco anos, qualquer altura parece uma queda de um precipício. Lembro que pensei que iria me espatifar no chão. Fechei os olhos e contei até três. Por dentro eu pedia: “Por favor, que eu não me machuque”. Na minha mente de criança, pensei que fosse morrer. E então, de olhos cerrados, pulei.

Quando meus joelhos e mãos atingiram o chão de forma desajeitada, abri os olhos esperando me encontrar no céu, tal qual via nos filmes. Entretanto, nada havia acontecido além das minhas mãos e joelhos ralados. Fiquei deslumbrada. Tudo parecia meio milagroso.

Foi quando eu olhei pra trás e o vi escondido atrás da árvore. Suas asas brancas se abriram como as de um passarinho prestes a levantar voo. Seus olhos azuis piscaram pra mim. Levei minhas mãos pequenas até meus olhos e os esfreguei, tentando dissipar minha visão. Mesmo criança sabia que aquilo era impossível.

Quando olhei de volta, ele não estava mais lá. De vez em quando eu me esqueço disso, mas em outras vezes eu me lembro. Ele acha que não o vi naquele dia ou que já apaguei esse episódio da mente, então essa recordação eu guardo só pra mim. E não quero que ela se perca junto com todo resto.

Naquele dia eu comecei a perceber que, independente do que acontecesse, eu sempre teria alguém para zelar por mim. E foi aí que me senti segura.

Seu corpo está quente abraçado ao meu. Tento me afastar um pouco, evitando esse contato doloroso. Não tenho os mesmos sentimentos que um humano, mas de alguma forma ela desperta em mim coisas que nunca imaginei ser capaz de sentir.

– O que você está pensando? – pergunto. Não consigo visualizar nada na mente dela. Certas vezes, é tudo nítido, mas em outras ela parece uma folha em branco. Acho que finalmente aprendeu como guardar certas coisas de mim, só que tarde demais.

– Sei que você já disse isso várias vezes, mas não entendo por que não pode mais ficar aqui. Eu ainda preciso de você – ela diz, parecendo sincera. Sua força para não desabar me impressiona. Se eu fosse humano, as coisas seriam bem diferentes.

– Eu sei. E de certa forma eu preciso de você também. – Me ajeito ao lado dela, deixando que ela descanse a cabeça em meu peito. Seus cabelos estão enroscados em meus dedos. Vou sentir falta disso. – É que existe alguém que precisa mais.

– Duvido – ela diz. E vejo uma lágrima cair bem devagar, traçando caminho no rosto daquela que me ensinou o que é amor de verdade.

– Luna. – Foi a primeira coisa que ele disse. Meu nome. Ele nunca soou tão bonito antes.

Fico pensando como deve ter sido para ele me ver deitada na cama do hospital logo após o acidente. Não aconteceu nada grave comigo e com o casal no outro carro – graças a ele. Saí com alguns arranhões e fui parar no hospital apenas para observação.

– Quem é você? – Só sabia que ele não me era estranho. Os traços eram conhecidos de alguma memória remota da infância, só faltavam as asas.

– Me chame apenas de Arcanjo. Como se fosse um sobrenome. – E então ele me explicou *quem* ele era de verdade. E por algum motivo, eu acreditei. A sensação de que ele estava ali, me observando e cuidado de mim sempre existiu. Pronto para me salvar. Meu anjo da guarda. Mais do que isso, alguém que eu amo.

– Você sabe que vai perder a melhor parte. – Ela me diz de pé, parada em frente ao espelho. Trocou a camiseta de banda de *rock* e o *short* folgado por um vestido florido. Toda vez que ela usa esse vestido, comenta que está vestida de primavera. Isso sempre me faz rir. – Logo farei dezoito anos e com a maioridade as coisas tendem a ficar mais emocionantes.

– Não para os anjos... – eu disse. Ela morde o lábio inferior, como se só agora pudesse lembrar o que nos impede de ficar juntos. O que está me fazendo ir embora.

– Certo, não para você. – Ela se senta na penteadeira e começa a desembaraçar os fios dourados. De algum modo, Luna parece chateada pelo fato de sermos diferentes. Sinto que se sente culpada e estranha, como se houvesse algo de errado com ela. Finalmente larga a escova e choraminga. – Eu só queria saber por que as coisas não podem ser normais para a gente?

– Você sabe que não posso te transformar em um anjo. Você se apaixonou pelo ser errado. – Ela sorri, um pouco relutante.

– Não brinque com isso – ela diz, amarrando a cara. Mas logo relaxa. – Eu até que gostaria que você fosse outro ser, tipo um vampiro. Eles são sensuais. – Dessa vez ela ri com mais vontade, embora eu saiba que no fundo ela esteja chateada.

Chego perto dela e a beijo, como nunca beijei antes.

Estamos deitados de novo. Eu gostaria de observá-lo respirar, ver seu tórax subir e descer enquanto inspira e expira, mas ele não necessita disso. Ao menos, enquanto me aconchego em seus braços, sinto uma onda de calor entre nós.

– Quem é essa que precisa de você? – pergunto. Quero saber quem vai tirá-lo de mim.

– É feia – ele responde enquanto faz uma careta.

Não me importa, eu a odeio de qualquer forma. Odeio-a por me privar de viver todos os dias com ele. É insuportável pensar que ele vai embora e nunca mais vou vê-lo. Não depois de tudo que nós dois vivemos.

– Não quero me esquecer de você. – É uma afirmação e uma das coisas mais verdadeiras que eu já disse para alguém. Não quero perder os detalhes, não quero que esse ano se apague como se nada tivesse acontecido.

A coisa que mais me aterroriza é imaginar que não vou lembrar que foi ele que segurou minha mão quando tive que me mudar para a casa de meu pai. Ele esteve ao meu lado quando voltei para a escola... Foi ele que entrou comigo no apartamento onde morava com minha mãe, foi ele que me ajudou a recolher tudo e me deu suporte em todos os momentos. Ele me fez sorrir de novo, me ajudou a ter uma direção nova na vida. Foi ele que eu disse que amava e é ele que eu amo hoje. Agora. Ele me ensinou o que é o amor – da forma dele, com tudo o que ele podia.

Isso é algo que simplesmente não pode se perder dentro de mim.

E eu nem ao menos sabia seu nome verdadeiro. Ele era apenas “meu anjo”.

– É inevitável.

É a verdade que eu teimo em não aceitar, assim como o fato de que alguém precisa mais dele do que eu preciso. Essa é a maior mentira que já ouvi. Ninguém precisa tanto dele quanto eu.

Qualquer pessoa que precise de ajuda pode contar com outros anjos. Não existem vários no céu à toa. Porque ele precisa me largar para cuidar de outras vidas? A minha vida não é importante o suficiente? Não acho que seja a hora dele partir. Por mim, ele nunca partiria.

– Eu sempre me lembrarei de você, Luna, mas você vai esquecer. Pelo seu bem, você precisa seguir em frente.

– E se eu não estiver pronta?

– Se não estivesse pronta, eu ficaria aqui mais tempo. Mas hoje é o último dia. – Ele afoga a cabeça nos meus cabelos, como se quisesse sufocar. – Eu não quero me esquecer disso. – Depois de passar as mãos no cabelo mais uma vez, ele me abraça mais forte, como se quisesse nos fundir.

O que eu mais quero é me fundir a ele. Nem que virássemos irmãos siameses. Se isso garantir que ele nunca saia do meu lado, eu vou querer.

– Como é lá em cima? – Ela pergunta, seus cabelos espalhados como um leque no lençol branco. É uma pergunta que Luna faz frequentemente, seus olhos sempre curiosos para saber como é o mundo celestial.

– Branco. E azul também. – Eu respondo com um meio sorriso. Ela não parece achar graça. Essa é minha resposta padrão. Nunca digo mais do que isso, não é algo que eu possa sair espalhando. Mas eu vou sentir saudades dela perguntando a mesma coisa todos os dias para receber as mesmas respostas.

– Existe alguma forma de você continuar comigo? – Outra pergunta que não se cansa de repetir. É a mais triste de se ouvir, pois eu também gostaria de ter uma resposta para ela. Algo além do "não" que eu sempre respondo. Eu queria que algo fosse possível.

Abriria mão de qualquer coisa para ficar ao lado dela. Não como anjo da guarda, mas como seu namorado. Eu nunca poderia ser inteiramente o que ela precisava, mesmo que continuasse a protegê-la. Infelizmente, ela precisava seguir em frente. Era a coisa mais cruel com a qual eu precisava lidar.

– Mesmo que você precisasse de mim até a morte, eu seria sempre assim e você envelheceria e morreria. E eu iria sentir sua falta do mesmo jeito – conto a triste realidade.

É assim que vai ser. Mesmo que não seja mais minha função, mesmo que ela se esqueça de mim... Ela vai envelhecer e eu vou continuar a tentar protegê-la, observando-a de longe e a amando para sempre.

– Não me importo. Eu quero você comigo. Pra sempre. Já disse isso e direi quantas vezes forem necessárias, até que você crie raízes e não saia nunca mais.

A forma como ela me abraça é estranha. Como se ela estivesse tentando me segurar com todo seu corpo, me amarrar na cama para que eu não fuja ou suma diante de seus olhos. Isso dói. Eu não quero ir embora, mas sei que a hora está chegando.

Olho para o relógio e vejo que é quase meio-dia. Pelo que sei, ele se vai ao anoitecer. Não me resta muito tempo.

Meu pai e minha madrasta não estão em casa. Nem meus meio-irmãos. Foram passar o fim de semana na praia. Eu disse que tinha trabalho da escola para fazer e não poderia ir com eles. Muita coisa pra estudar.

Eles não fazem a mínima ideia de que existe um anjo deitado em minha cama. Além do mais, nunca acreditariam. Sinceramente: quem acreditaria? Em alguns momentos até eu me pego pensando se não é tudo ilusão.

Daqui a pouco, não será nem mesmo ilusão. Será nada. Não me lembrarei de coisa alguma e isso é pior ainda.

Duas da tarde. Estamos na cozinha, ela corta um pão e passa um pouco de manteiga. Despeja suco de uva em um copo e bebe. Como sempre, eu não como nem bebo. Só observo.

Faltam quatro horas para que eu suma de vez da vida de Luna. Ela nunca mais poderá me ver, tocar, beijar, amar... Não haverá nenhuma lembrança minha em sua vida. Será como se ela nunca tivesse me conhecido. Então, eu terei que espreitar minha outra designada e cuidar para que nada dê errado na vida dela – até que ela não precise mais de mim.

Vivo salvando pessoas e cuidando delas até que minha ajuda não seja mais necessária. Faço isso desde que o mundo existe, mas isso nunca se tornou tão pessoal. Eu desejaria que nunca houvesse sido desse jeito.

Poucos anjos amaram de verdade – e depois disso, nunca conseguiram cumprir suas funções tão bem. Não acreditava em amor e não acreditava que isso poderia acontecer, principalmente comigo. Até agora.

Não sei como os seres humanos podem amar. É a coisa mais maravilhosamente dolorosa que existe.

Agora, não nos resta muito tempo. Ele me abraça e sussurra em meu ouvido coisas das quais devo me lembrar.

– Não deixe de seguir seu coração... Seja bem-sucedida... Não se esqueça de que eu te amo... As coisas vão dar certo, é só acreditar... Termine a escola e faça faculdade, seja tudo o que você sempre quis ser... Procure alguém que te ame e o ame de volta... – Meu coração estremece quando ele diz a última frase.

– Eu já amo você – digo convicta.

– Sei que você me ama agora, Luna. Mas não sabemos sobre o futuro.

– Eu sei que não vou te esquecer.

Ele concorda apenas para que eu não fique mais triste, ou apenas para que nós dois não briguemos. Quero congelar esse momento para sempre. O tempo é o meu maior inimigo. Estou me agarrando a cada fiapo de memória que posso, lutando para que nenhuma delas fuja – nem mesmo a memória do sítio de minha avó.

Por mais que eu insista que não, eu sei que eu vou esquecer. E isso é o pior de tudo.

Faltam apenas alguns minutos. Estamos parados na sacada do apartamento, ela me abraçando forte como se isso fosse impedir que eu vá embora. Trago-a para mais perto de mim. Acaricio seus cabelos pela última vez, sentindo o cheiro do seu xampu de frutas. Quero guardar esse cheiro para sempre, como uma lembrança de tudo que ela representa para mim.

Olho para o sol indo embora. A hora está chegando.

Com as duas mãos, ele segura meu rosto. Seus olhos parecem estar memorizando cada detalhe da minha face. É horrível pensar que a pessoa mais importante da minha vida vai sumir ali, na minha frente, agora. E eu nem ao menos vou me lembrar de como ele era. Minha respiração está pesada. Penso em alguma forma de mantê-lo ao meu lado, mesmo sabendo que não temos opção.

Como se recebesse um sinal, ele se aproxima e me dá um beijo cheio de amor e sentimentos que eu sei que ele não poderia sentir, mas parece conhecer de algum jeito.

– Lembre-se: sempre estarei olhando por você, em qualquer lugar que eu esteja.

Eu gostaria de dizer alguma coisa. Gostaria de contar para ele que eu vou me esforçar para lembrar. E com essa frase, ele some para sempre.

Vinte e um de dezembro. Minha cabeça dói, estou dormindo no chão da varanda do apartamento do meu pai. Acho que desmaiei ou levei alguma pancada na cabeça. A sensação é horrível, como se tivesse com uma ressaca daquelas.

Talvez eu tenha saído para beber ontem. Tudo parece tão confuso, como se faltassem informações. Ontem foi aniversário de morte da mamãe, o que torna tudo pior.

Caminho pela casa e vou até o armário de primeiros socorros, procurando comprimidos para dor de cabeça.

Dor. Parece que um sino resolveu soar dentro do meu crânio.

Prometo mais uma vez que nunca mais vou beber, embora eu não tenha certeza do que realmente aconteceu.

Cheiro meu próprio corpo, procurando vestígios. Nenhum fedor de álcool misturado com suor. Meu vestido parece limpo.

Na verdade, ele cheira ao amaciante que a esposa do meu pai usa. Meus cabelos têm o mesmo cheiro usual de frutas e a minha pele um perfume desconhecido, mas muito bom. É como se todas as coisas boas tivessem sido misturadas, formando uma fragrância única. Ao que parece, não andei bebendo demais. Mas a dor de cabeça e a memória turva continuavam mais forte que nunca.

Tomo os comprimidos necessários para fulminar minha dor e sigo para o banheiro. Jogo minhas roupas no chão e abro a torneira. A água está gelada, ideal para o calor que faz lá fora. Deixo que ela deslize pelo meu corpo, que me ajude a tirar essa dor de dentro da minha cabeça – que suma com esse vazio.

Desligo o chuveiro e me enrolo na toalha. Vou até o espelho e me assusto ao ler, escrito com o meu batom rosa: “Eu sempre estarei olhando por você, em qualquer lugar que eu esteja”. E de alguma forma, aquilo me soa familiar.

Faz anos, fui designado para tantas pessoas diferentes, mas não consigo deixar de observá-la. É quase um vício, e talvez um pouco doentio, que não consigo evitar.

Olho seus cabelos dourados serem sacudidos pelo vento. Ela ainda tem um ar de menina triste, mesmo depois de tanto tempo. Pelo menos está fazendo compras de Natal, coisa que ela dizia que nunca mais iria fazer. Segurando sua mão está uma pequena menina – tão bela quanto ela. Estou parado atrás de um poste, enquanto ela e a menina olham a vitrine de uma loja de brinquedos.

Sinto o impulso de me aproximar, mas sei que isso só faria mal.

A menina aponta uma coisa na vitrine e ela ri. O sorriso de Luna é a coisa mais linda que já vi. Elas entram na loja e alguns minutos depois saem contentes. A menina carrega uma enorme sacola em uma mão, e a outra, tão pequenina, agarra os dedos de Luna.

Eu sorrio, querendo ser parte daquilo. Esse é apenas um dos milhões de desejos que não se concretizam na vida de um anjo da guarda. Eu não tenho ninguém para quem possa pedir para transformar meus desejos em realidade.

Estou exausta, mas não consigo que Sofia me deixe respirar. Ela me guia pelas ruas da cidade, apontando de vitrine em vitrine e pedindo coisas bonitas para o Natal. É uma data que ainda me machuca, mas a deixo sonhar e escolher algumas coisas pra nossa comemoração.

Ela pede novas bonecas para o Papai Noel e também para mim e para o pai. Ela está tão feliz e isso me deixa feliz também.

Distraio-me observando uma loja repleta de anjos de porcelana, vidro, prata... Meu olhar se demora em uma pequena corrente com um pingente em formato de asas.

– Mãe, mamãe! – Sofia puxa a barra do meu vestido, querendo que eu preste atenção em alguma coisa. Sem dar muita bola, viro-me para ela rapidamente.

– O que foi, Sofia? – pergunto, voltando minha atenção imediatamente para a vitrine. Todos esses anjos espalhados por ali me dão uma sensação estranha.

– Um anjo, olhe! – ela diz.

– Estou vendo, Sofia – respondo. Há milhares deles na vitrine, não é mesmo?

Ela puxa a barra da minha saia mais uma vez, e eu já me viro para reclamar com ela. Abaixo-me para ficarmos na mesma altura, e então meus olhos são capturados por alguém mais atrás.

Era um anjo. Com asas de verdade. Impossível que fosse a minha imaginação. Ele estava ali, parado, olhando para mim, como se me conhecesse. Ele sorri e eu olho assustada. Sei que o conheço também. Eu sei quem ele é.

Lembro-me da árvore no sítio de minha avó e do anjo que impediu que eu caísse e me machucasse feio. Esfrego os olhos, para ver se ele é de verdade. Quando procuro de novo, não está mais lá.

Volto minha atenção para a vitrine, procurando o pingente que via agora a pouco. No lugar onde antes ele estava exposto, há um bilhete escrito à mão: "Eu sempre estarei olhando por você, em qualquer lugar que eu esteja".

Aquelas palavras atingem alguma parte adormecida da minha memória. Visualizo a mensagem do espelho, de anos atrás. Sei que quem enviou as duas mensagens foi a mesma pessoa, seja lá quem for. E, de algum modo, sei que nunca descumpriu sua promessa e sempre esteve olhando por mim.

As Mémorias Póstumas e Glamourosas de Nanda

Larissa Naufel

Lembra de mim, quando eu me for,
Para longe, para a terra calada,
E não puderes mais ter minha mão,
Nem eu desistir de sair e ficar.

Lembranças, *Christina Rossetti*

Eu sou uma garota legal e até culta, sabe, li milhares de livros e se tem uma coisa que todos esses chick-lits me ensinaram é que você deve começar se apresentando. A Meg Cabot escreve assim, quem sou eu para ir contra uma diva? Eu me lembro de ter começado a ler *O Apanhador no Campo de Centeio*, e o protagonista diz que não se apresentaria e coisa e tal – o total oposto de como um bom livro deve começar. Não admira que fosse uma história tão chata.

Ah, meu nome é Fernanda, mas é melhor me chamar de Nanda se não quiser uma esnobada.

As coisas nunca acontecem como eu gostaria que acontecessem. Por exemplo, se eu comprasse um ingresso para um show do McFly, ele seria cancelado de última hora e trocado por uma banda marcial tocando música típica do Camboja. Se eu visse uma blusa linda, maravilhosa e cara numa vitrine, ela seria comprada por alguma feiosa que nem ao menos veste aquele número. Sim, eu era uma burguesinha horrível e egoísta, mas eu tinha tanto glamour que eclipsava isso.

Como já deu pra perceber, a minha sorte não fala sério comigo, nem é surpresa que logo no dia em que comprei a minha passagem para Miami – para sair em busca do meu homem delícia, eu fosse atropelada e morta na saída da agência de viagem. E eu tinha só 19 aninhos. Ai, ninguém merece.

Esse lance de morte não é como dizem e a propaganda enganosa pega todo mundo. Sabe quando você abre um livro e vê aqueles anjos lindos e maravilhosos, com os cabelos mais fofos e barrigas de tanquinho ? Corte tudo isso, o lado de lá da vida é tão chato que faz a escola ser interessante. Por exemplo, em morte eu tenho algo que nunca tive em vida: um emprego. Sou anjo da guarda, um serviço bem nada a ver. Se alguém tiver a oportunidade de recusar, corra disso, fica a dica.

Depois de meses num treinamento teórico muito irritante, estou de volta à Terra, mas dessa vez Deus não disse *desce e arrasa*, como quando nasci. Era minha primeira missão séria: não deixar um recluso se matar. Pelo menos eu poderia tomar sorvete sem culpa e teria um corpo físico.

Agora vamos até o dia dezesseis de junho quando tudo aconteceu. De acordo com a Superintendência, eu tinha até o amanhecer para resolver a missão.

Eu fui andando com calma pela ponte até avistar o cara sentado na beirada. Tirei do bolso o pedaço de papel que São Pedro me dera: "*Garoto de blusa xadrez e camisa do Nirvana*". Esses meninos deprimidos são tão clichês. Não é porque Kurt Cobain se vestia mal que todos devem fazer a mesma coisa. Pensei com cuidado no que iria fazer, se eu o assustasse e ele caísse dali, teria problemas com o Velho Pedro. Lá em baixo corria o rio e toda a sujeira imaginável.

– Ei – disse eu, no tom mais simpático que achei dentro de mim. – É melhor não pular daí, porque se não morrer na queda com certeza vai ter alguma infecção e isso, amigo, não é nem um pouco divertido.

Ele me olhou como se houvesse acabado de ver um fantasma, provavelmente não estava esperando visitas naquele momento. Ficou em silêncio e voltou a mirar o sol que ia se pondo lá longe no horizonte. Ele me ignorou legal. Tudo bem, eu não iria largar disso tão fácil. Cheguei um pouco mais perto e com muito cuidado segurei seu braço.

– Me deixe em paz – resmungou ele.

– Olha, conversa comigo. Eu sei que não sou do tipo com quem você bateria papo normalmente, mas cara!, não vejo nenhum tatuado aqui para tentar te dar uma moral.

E acho que a coisa fez efeito porque ele finalmente olhou pra mim. Nem era tão feio assim tenho que comentar, cabelo bagunçado fica bem em alguns rapazes. Estávamos em silêncio. Eu imaginava se ele eventualmente falaria alguma coisa. Eu podia ouvir todos os carros do mundo passando, transeuntes conversando e um monte de outras coisas insignificantes, mas nem uma palavra dele. Eu estava começando a ficar visivelmente sem graça, enrolando os cabelos com o indicador, olhando para o relógio e sentindo como se o mundo fosse ficando menor e eu maior. Se ele demorasse demais, era bem possível que eu o deixasse pular dali e depois jogasse uma ideia meio: *Foi a minha falta de experiência.*

– Você já gostou de alguém? – perguntou ele, cortando a minha linha de raciocínio. – Gostar de verdade, do tipo que te machucaria e te mataria quando te desertasse?

Droga!, eu já havia me apaixonado antes e tal, mas não sei se era exatamente igual ao que ele se referia. Situação bem chata ver um cara todo meloso por uma menina. Ele deveria sei lá, rir do que aconteceu e ir pra próxima. Esse era o problema maior de se gostar, gostar mesmo de outra pessoa: *A insegurança que vinha como os quilos que acompanham um Big Mac.* Eu não sabia o que responder, afinal, eu era nova demais para ficar babando assim por alguém, estava mais preocupada em viver a vida – que foi bem curta, diga-se de passagem.

– Eu já gostei de caras antes, mas nada como o que você deve estar sentindo agora.

– Então você nunca vai entender pelo que estou passando. Acho melhor você ir embora e não perder muito tempo comigo. Eu machuco pessoas e elas me machucam quando ficam perto demais.

Eu tinha que agir logo porque nada do que eu falava parecia fazer a mínima diferença para o cara. Então tomei coragem e segurei a mão dele com força. Cheguei a ouvir um *ai,* mas não deixei que isso me abalasse.

– Ande comigo – deixei que minha voz soasse firme.

Ele ficou ali com cara de peixe me olhando sem saber exatamente o que fazer, mas então começou a se mover e saiu da beirada da ponte e mesmo assim eu não o soltei, como se ele fosse sei lá, correr e pular de cabeça dali assim que eu o largasse.

– Olha, nós vamos dar uma volta e eu vou te convencer a não fazer isso. Claro que se até meia noite você ainda quiser pular, eu juro que eu mesmo trago você e te empurro, ok?

Era incrível como ele nunca respondia logo de cara, como se tivesse que ruminar tudo num dos estômagos da mente. Ele deu de ombros como se não estivesse ligando pra nada e me acompanhou enquanto seguíamos pela avenida. A mão dele estava fria e suada, mas era muito delicada e apertava os meus dedos de forma gentil.

Íamos sem dizer palavras e nem ao menos olhamos direito um para o outro. Era engraçado andar de mãos dadas com uma pessoa desconhecida. Caminhar assim do nada faz com que a gente sinta que o mundo fique um pouco mais legal. Quem sabe algum dia eu pudesse aprender a gostar de ser um anjo da guarda. Não que eu conte com isso, quem vai saber?

– E então, qual é o seu nome? – perguntei.

– Lucas. Prazer em conhecê-la, qual é o seu?

– Nanda. Eu sei que não é da minha conta, mas porque você decidiu que seria uma boa se jogar de lá?

Ele não respondeu e se limitou a olhar adiante. Por mais que eu tentasse entendê-lo, era como se houvesse uma concha impedindo que qualquer um se aproximasse. Eu olhava discretamente pelo canto dos olhos e me repreendia por estar pensando que ele tinha um queixo bonito enquanto deveria estar fazendo com que não ingressasse nas falanges celestes.

Paramos numa esquina e esperamos um tempo até que o primeiro táxi passasse. Antes que o motorista pudesse perguntar qualquer coisa, eu disse:

– Disco Biscoitoxx.

O garoto me olhou de uma forma muito esquisita. Era como se eu houvesse feito alguma coisa extremamente ofensiva, do tipo xingar a mãe dele ou, pior, alguma daquelas bandas *indies* extremamente obscuras. A Disco Biscoitoxx era uma das maiores danceterias da cidade, a mais agitada, colorida, eletro-pop e tudo de bom. É... acho que entendo a cara dele.

A paisagem ia passando ao nosso redor: as luzes da cidade, os prédios e milhares de ruas que iam se encontrando e se desembocando umas nas outras como um labirinto. O rádio do táxi tocava NX Zero e eu murmurava as partes que conhecia.

– Me sinto meio Leopold Bloom.

– Quem? É de algum seriado ou filme?

– Personagem de um livro, *Ulisses*. Ele fica vagando durante um dia sem fazer muito mais do que isso, mas internamente pipocam acontecimentos.

Por algum motivo, imaginei um daqueles livros longos e lentos, cheios de digressões, elipses e outros termos usados para justificar a chatice de algo. Por que eu leria a história de alguém que só fica andando de um lado para o outro sem que nada aconteça? Sério, eu juro que tentei ler Madame Bovary na escola, mas sei lá, se eu quisesse ver uma dona de casa em crise, *Desperate Housewives* seria bem mais legal. Claro que não falaria isso para ele, talvez fosse demais para sua mente. Concordei com a cabeça e fiquei quieta.

Conversamos sobre vários assuntos: praças da cidade, eventos recentes e até mesmo o gosto musical duvidoso dele. Foi interessante descobrir que quando ele não se comportava feito a versão anos 2000 de algum poeta triste do passado, Lucas conseguia ser engraçado e soltar piadas. Não que fossem boas ou fizessem sentido, mas sabe como é: seja gentil com os menos favorecidos.

Eu olhava a paisagem em movimento e me lembrava de como costumava andar por ali com minhas amigas e todas as coisas do mundo pareciam fáceis e cheias de importância. Seguíamos pela Savassi, o bairro onde tudo de legal acontecia em Belo Horizonte. Tudo ali era iluminado e vivo e cheio de vida. Lá estavam os restaurantes sofisticados, as boates da moda, lojas de alta costura e pontos de encontros.

O táxi chegou à Disco Biscoitoxx depois de meia hora. O lugar estava lotado! Vários jovens entravam em bandos. Paguei o motorista com uma parte da verba celestial para agentes de campo e saí acompanhada do meu protegido. Um cartaz anunciava que Luvfoxx seria a DJ da noite e meus olhos brilharam. Uau, ela era uma diva.

– Por que você me trouxe até aqui? – perguntou ele enquanto nos dirigíamos até o guichê.

– Porque eu aposto que você fica bem na pista de dança.

Eu já estava pegando os ingressos quando algo me chamou a atenção pouco adiante: garotas com copos de cerveja e rindo, as risadas que eu reconheceria em qualquer lugar. As risadas do meu grupo de amigas. As três estavam ali, lindas como sempre. Comigo, éramos o quarteto fantástico das baladas. E foi aí que aconteceu a parte chata. Eu sabia que não estava ali para isso, eu sabia que tinha uma missão para cumprir, mas eu realmente não pensei em nada a não ser em abraçar aquelas *doidas*. Poxa, sentia muito a falta delas. Eu imaginava que seria muito legal quando elas me vissem... Dá pra notar que eu havia me esquecido de um detalhe, né: eu estava morta feito um prego.

– Carla, que saudades! – disse eu a abraçando.

Ela retribuiu meu abraço levemente. Eu vi um misto de surpresa e desprezo no rosto dela. Eu reconhecia aquele olhar, eu mesma o usara diversas vezes. A sobrancelha erguida e o sorriso falso como o de uma atriz. A resposta dela foi de partir o coração:

– Desculpe, eu não te conheço. Somos da mesma sala?

Foi a minha vez de ficar sem resposta e com o coração nos pés. Carla e as meninas saíram dali, rindo do que havia acabado de acontecer. Eu fiquei ali parada e sem ação. Levei um tempo para perceber que Lucas falava comigo:

– Ei, tudo bem com você?

Afastei-me dele e corri até a vitrine de uma loja ali perto e finalmente entendi o que havia acontecido. Eu agora era uma gordinha de 1,60 e com olheiras de panda. Nada mais daquele físico de matar e dos cabelos de propaganda da *Wellaton*. Aquilo era uma baita sacanagem de São Pedro e associados. Eu sei que é tudo vaidade de vaidades e *bláblábá*, mas eu era vaidosa e isso me definia bastante.

– Você está pálida, quer ir embora?

Sacudi a cabeça negativamente e, tentando parecer melhor do que me sentia, respondi:

– Não, está tudo bem. Vamos, hora de conseguir uma vida para que você não se envolva mais com roqueiros da morte, lamentações *emo* e completa falta de glamour.

Foi aí que o vi sorrir largo e de verdade pela primeira vez. E ele nem era tão feio quando fazia isso. Entramos e a Biscoitoxx continuava tão legal quanto quando eu a conhecera, com milhares de luzes coloridas e gelo seco. Luvfoxx já estava na picape e todo mundo se agitava na pista. Todos os tipos de pessoas estavam ali e isso era tão bacana que levantava o meu astral. Lucas me cutucou e comentou:

– Tem certeza de que isso não é pra me incentivar a pular da ponte?

Dei um soco leve no ombro dele e saímos caminhando por entre as pessoas. Procuramos um dos sofás que ficavam num canto e nos sentamos. Ali havia ritmo, caos em movimento e as cores animariam até leito de morte. Com certeza não havia qualquer vestígio do dia comum e banal.

– Eu preciso que você olhe tudo e me diga o que você está vendo.

– A colônia penal de Kafka? A Prisão de Guantánamo?

– Estou falando sério.

Lucas deu de ombro e respondeu:

– Eu também estava falando sério – tirou o sorriso do canto da boca e prosseguiu. – Eu vejo a pista de dança, pessoas, movimentos, luzes.

– Sim, exatamente. A Pink diz em uma das músicas dela que se Deus é um DJ, a vida é uma pista de dança, e eu penso a mesma coisa. Às vezes você terá muita luz e movimentos, mas pode ser que o DJ coloque uma música que não é para você dançar, porque nem todas as músicas são feitas para você. Em algumas, você tem que simplesmente sentar num banco e ficar de boa.

– É talvez você esteja certa, talvez eu deva somente ir junto. Mas é complicado tudo isso de o destino sempre correr na direção contrária do que queremos.

Lucas então se calou e olhou fundo nos meus olhos, um frio passou pela minha espinha. Era aquele tipo de olhar que faz com que uma pessoa se sinta nua diante de outra. Ainda bem que estava escuro o suficiente pra ninguém notar que eu estava começando a ficar com o rosto vermelho feito nariz de palhaço. Eu não esperava que esse trabalho de anjo pudesse ser tão... humano. A DJ começou a tocar um *sample* de Hypnotize do Notorious B.I.G e ele segurou a minha mão.

– Você está me tirando para dançar, pessoa?

– É, acho que sim – respondeu ele com uma timidez que fazia tudo ficar mais engraçado.

Será que eu poderia acabar me sentindo atraída por ele? Não... com certeza não. Ou sim. Sei lá. Essa coisa de anjo da guarda estava ficando humana demais. Eu deixei que ele me guiasse até o centro da pista e notei que lhe custava muito lutar contra a timidez. Começamos a dançar lentamente com alguns passos desajeitados. Embora a música fosse agitada, estávamos dançando abraçados como se fosse uma valsa e as pessoas nos olhavam e alguns davam risadinhas, mas pra ser bem sincera, eu nem estava ligando. Era a vantagem de ter uma aparência desconhecida de todos.

Foi quando aconteceu. Do nada, como uma chuva. Eu vi quando o rosto dele começou a se aproximar do meu e eu sabia o que estava pra acontecer. Eu sabia que não deveria me envolver, lição número um das regras angelicais para estagiários.

Mas sério, quem pensa em regras quando se está preste a ganhar um beijo? Definitivamente eu não.

Os nossos lábios se encontraram e... tulipas juntas. Eu sentia o coração bater mais forte. As línguas se tocavam. Os pensamentos momentaneamente selados por um torpor. O meu mundo dançava e se balançava. E o barbante dos minutos ia se desenrolando, caindo. Quando por fim paramos, ficamos nos encarando e em tom de brincadeira, disse:

– Acho melhor voltarmos a nos beijar antes que façamos como num filme francês e comecemos a falar pelos cotovelos. Acho que dá pra você concordar comigo que pular da ponte perde um pouco da graça depois disso.

E então eu me toquei de que havia deixado a torneirinha de asneiras aberta. O rosto dele havia voltado ao seu estilo sofredor constipado e sem que eu pudesse pedir desculpas ou qualquer coisa, ele largou a minha mão e saiu com passos tão rápidos que eu não conseguia acompanhar. Apertei a bolsa de encontro ao corpo e sai correndo atrás, esbarrei numa outra garota e ainda vislumbrei pela última vez as minhas ex– amigas.

Olhei para os dois lados da rua movimentada e nem sinal dele. Olhei para todos os cantos e já estava imaginando que o perderia completamente quando vi a inconfundível blusa xadrez virando uma esquina e tentei correr o mais rápido que podia. Droga!, eu havia chegado tão perto de completar a minha missão e salvar a vida dele. Eu não poderia deixar que ele fizesse aquilo. Era a minha missão ser um anjo da guarda e protegê-lo. Ah, por que a minha vida era tão complicada, mesmo quando eu já estava morta?

Atravessei a rua e virei na esquina em que o vi sumir. Fui seguindo por entre as mesas dos restaurantes que havia ali e cheguei até mesmo a derrubar o refrigerante de um casal. Pedi desculpas, mas não parei de caminhar. Finalmente encontrei-o sentado num ponto de ônibus vazio. Parei ao lado dele e fiquei recuperando o meu fôlego, o que levou um bom tempinho.

– Não faça isso de novo, cara. O meu preparo físico não aguenta muito disso.

– Por favor, se afaste de mim, eu não quero machucá-la – respondeu ele com voz embargada. – Eu não quero continuar a mentir para você.

– Eu sei que uma garota quebrou o seu coração e tudo o mais, mas isso vai passar, você tem que aprender a não tomar tanto cuidado.

Ele suspirou e respondeu:

– Uma garota quebrou o meu coração e isso fez com que eu quebrasse o de outra pessoa. Porque eu sou um perdedor destinado a falhar em tudo o que eu tentar e porque eu nunca serei interessante pra ninguém.

– Nem todas as garotas são assim, cara. Você só achou a garota errada.

– Esse é o problema, eu tenho encontrado a garota errada desde que eu me apaixonei pela primeira vez, e sempre, sempre e mais um pouco, ela consegue o meu coração no almoço.

Uma das coisas mais alarmantes com relação ao fato de você se tornar um anjo é ser capaz de sentir a emoção do seu protegido em alguns momentos. E aquele garoto tinha ondas enormes de tristeza e solidão e isso me paralisava um bocado. Podia sentir as emoções pertencentes à outra pessoa como se fossem as minhas próprias.

– Você parece ser um cara legal, não acho que devesse pular de uma ponte por causa de uma garota. Tipo, o mundo é um bocado mais do que isso e de uma coisa eu tenho certeza, uma vez do lado de lá você vai sentir saudades desse lugar.

Lucas suspirou e respondeu:

– Talvez seja o que as pessoas normais pensem, mas eu sou sensível demais a garotas, e elas insensíveis demais a mim. – O tom de voz dele mudou e as coisas ficaram bizarras de verdade. – Você é um bom anjo da guarda, Nanda, mas talvez ainda tenha que aprender algumas coisas pra entender exatamente o que eu quero dizer.

Eu sinceramente não sei a cara que fiz. Talvez fosse parecida com um abacaxi num liquidificador ou com o queixo tão caído que deveria segurá-lo com a mão. Meu cérebro tentou compreender aquilo de uma forma mais ou menos lógica, mas não dava.

– Sim, eu sei que você é um anjo da guarda – continuou ele. – É bom ver que existem rostos novos. Eu também já fui um de vocês, um dos originais para ser mais exato.

Sabe quando você assiste *O Sexto Sentido* pela primeira vez e descobre que o Bruce Willis está morto, é mais ou menos o que eu estava sentindo. Aquele sentimento de quem está descendo uma escada e pisa um degrau em falso e seu estômago congela enquanto seu pé fica no ar pela eternidade de um segundo.

– Eu não posso acreditar... – foi o que consegui murmurar e depois de um momento de silêncio entre nós, acrescentei: – Mas como você veio parar nessa situação?

– Muito simples, eu me apaixonei por uma garota e abri mão da minha imortalidade e do que eu tinha para *cair* e me tornar humano. Pouco depois que fiz isso, ela me largou dizendo que éramos incompatíveis. Tentei voltar ao Céu, mas embora Ele soubesse que eu estava miserável, não era permitido porque eu havia feito a minha escolha e por isso a pessoa que me foi designada proteger sofreu coisas que não lhe eram reservadas. Porque eu não estava lá para protegê-la. E para anjos que se tornam mortais, não existe uma vida após a morte, haverá somente um esquecimento absoluto, o *oblivion*.

– Uau, eu pensei que você fosse só mais um *emo*. Não faça isso, o pessoal lá de cima é rígido e tal, mas você pode apelar, eu conheço algumas pessoas, o velho é chato, mas eu tenho certeza de que ele gosta de mim, eu posso pedir a ele. O que aconteceu com a pessoa que você devia proteger?

– Ela morreu, Nanda. Atropelada aos 19 anos de idade e antes de realizar o grande sonho da vida dela. Morreu porque eu não estava lá para protegê-la, fora de hora. Sim, a sua morte foi minha culpa, é por isso que você se tornou um anjo da guarda.

Foi como se uma parte do meu cérebro desmoronasse. Eu não queria que nenhuma lágrima surgisse, mas elas eram mais fortes do que eu e tudo o que aconteceu ficava se passando e repassando em minha mente: a agência de viagem, o acidente, pista de dança e o beijo. Todos os meus planos com um fim prematuro e o culpado estava ali, na minha frente. Droga! Eu queria empurrá-lo da maldita ponte naquele momento.

– Me desculpa, Nanda. Eu juro que eu não queria...

O meu tapa fez um estalo e deixou a marca dos meus dedos no rosto dele.

– Desculpa?! Eu morri por sua causa e você me pede desculpa? Sério, essa é a última coisa que você poderia dizer, seu idiota.

Eu me levantei para sair, mas ele segurou o meu braço e disse:

– Olha, o que eu fiz foi errado, muito errado e egoísta. Lamento que você tenha pagado por um erro que cometi. E foi ainda pior quando eu te vi e você era o anjo escolhido pra me salvar. Eu juro que quis te contar no primeiro momento, mas não pude. À medida que a noite passava, eu vi o quanto você é especial.

Ali estava eu, como que parada num bosque onde duas estradas divergiam: numa eu levava em conta que ele era um cara legal e que eu o havia beijado e na outra eu daria ouvidos ao som na minha cabeça que dizia: *vou comer seu coração.*

– Como você pôde fazer isso? – perguntei.

Ele passou a mão pelos cabelos e respondeu:

– Porque fui fraco. Eu não resisti e no fim, ela não era a garota certa pra mim. Se eu pudesse voltar e desfazer tudo, eu o faria. É por isso que eu estava lá, eu queria o esquecimento absoluto para aquilo que me foi feito e aquilo que fiz com você.

Eu podia sentir que as palavras eram verdadeiras, que havia um pesar muito grande ali. Mas eu também estava com raiva e com uma tristeza que não podia ser entendida, como uma tabela periódica virada de cabeça pra baixo no escuro. Estávamos em silêncio mais uma vez. Aquilo estava começando a machucar. Os sentimentos eram signos em rotação que eu não podia compreender. Estava no limite entre odiá-lo e perdoá-lo, gostar dele ou desferir um soco. Eu gostaria de poder colocar em palavras exatamente o que se passava dentro de mim, mas as palavras são rebeldes ao pensamento e nunca representam direito o que você quer.

Mas ainda havia uma coisa a ser feita.

Fui aos poucos tentando acomodar o meu ânimo. Pensando direito no porquê de estar ali e eu talvez finalmente pudesse entender qual foi a intenção do Velho Pedro em dar essa missão para mim. Porque nenhuma outra pessoa poderia cumpri-la. Respirei fundo e fiquei imaginando se o que eu estava prestes a dizer era totalmente verdadeiro e ao perceber que era, falei:

– Eu te perdoo, cara. Acho que é por isso que vim aqui hoje, não foi pra salvar você, mas pra te dizer isso. Lamento que as coisas tenham acontecido assim. Você é uma pessoa legal e sei lá, talvez tivéssemos dado certo se nos conhecêssemos em outra situação. Mas agora estamos de lados diferentes do espelho. – Segurei as mãos dele. – Aproveite essa vida que você ganhou aqui e enquanto isso eu vou tentar não me entediar do outro lado. Eu perdi a minha vida por sua culpa e o mínimo que você pode fazer é vivê-la bem.

– Você vai realmente me perdoar?

Sorri discretamente.

– Quando eu digo que perdoo uma pessoa, geralmente significa que é verdade. E é melhor não levar peso, jogo pelo time dos bonzinhos agora. Bem, acho que é isso... está na hora de eu voltar para...casa.

Avancei na direção dele e levei meus lábios até a sua face esquerda, aquela seria a minha despedida. Tive a tentação de virar o rosto e roubar um beijo dele, mas não era o certo, não havia espaço para aquilo. Eu nunca mais o veria, exceto num ou outro sonho ou pensamento corriqueiro e mesmo essas memórias começariam a desaparecer, do mesmo modo que a escrita a lápis num papel velho vai sumindo.

A vida nem sempre nos dá aquilo que queremos. Ela é uma pista de dança com buracos que você deve evitar entre um passo e outro. Eu sabia com certeza que a minha vida nova estava somente começando. Quando tudo começou, eu não estava pronta para morrer, mas agora sinto de verdade que estou pronta para viver. Estou na beirada da quadra e vou entrar no jogo com tudo porque eu sou assim.

As coisas novas eu conto quando a gente se encontrar. Eu estou por aí nas freqüências mais baixas.

As autoras

Anna Lizz

É uma melancólica garota imaginária que vive em seu mundo de eterna adolescência desenhando, lendo e escrevendo suas ideias loucas por horas a fio. Adora ler Jostein Gaarder, Shakespeare, as aventuras de Sherlock Holmes e histórias encantadoras sobre o Holocausto, como *A Menina que Roubava Livros* do escritor australiano Markus Zusak.

Eliana Martins

Nascida em São Paulo, é casada, mãe de quatro filhos e avó de sete netos (até agora). Começou a vida profissional como professora de crianças com necessidades especiais e foi escrevendo histórias para eles que descobriu seu gosto pela escrita. Publicou muitos livros e ganhou prêmios como *FNLIJ – Altamente Recomendável* e *Acervo Básico, APCA*. Também foi finalista dos prêmios Barco a Vapor (2005) e Jabuti (2008). Costuma dizer que suas visitas a alunos em uma infinidade de escolas são seu maior prêmio.

SITE www.segredodaspedras.com
BLOG www.eliana-martins.blogspot.com

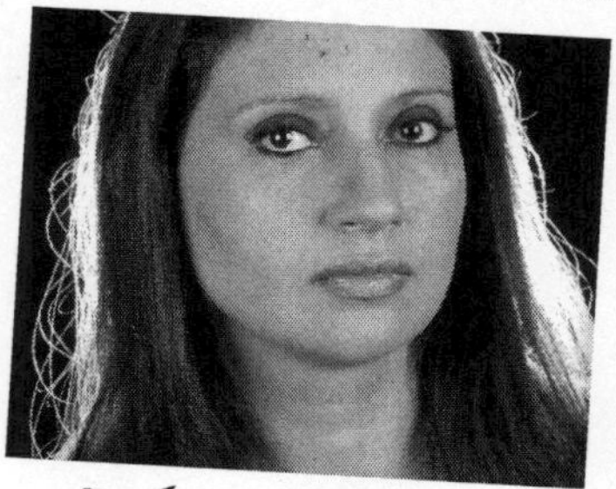

Flávia Côrtes

É escritora, tradutora e leitora crítica, com formação em Letras pela Universidade Federal do Rio de Janeiro. Carioca, vive no Rio de Janeiro com marido e duas filhas.

SITE www.flaviacortes.com.br

Julianna Steffens

Nascida em Florianópolis, o belo cenário do seu conto. É uma garota que não para de se reinventar. Deixou sua profissão (a geografia) para se dedicar às suas grandes paixões. Autora do primeiro *blog* brasileiro especializado em *chick lit*, de tão apaixonada pelas aventuras românticas do gênero muitas vezes sonha que é a protagonista de uma. Divide seu tempo livre entre os seus três grandes vícios: literatura, cinema e séries que acompanha fervorosamente.

TWITTER @Lostinchicklit

BLOG ww.lostinchicklit.com.br

Eugénia Tabosa

Nasceu em Lisboa, Portugal, onde viveu a maior parte da vida, tendo também morado no Brasil várias vezes, até se transferir definitivamente para São Paulo, em 2005. Licenciada em Pintura pela Universidade de Belas Artes de Lisboa, trabalhou em arqueologia (de campo, laboratório e restauro) e lecionou Educação Artística por mais de 26 anos em Portugal. A leitura e a escrita são paixões antigas.

Lidia Zuin

Tem 20 anos e é estudante de Jornalismo, autora da iniciação científica *Wired Protocol 7: um estudo sobre Serial Experiments Lain e a alucinação consensual do ciberespaço*. Fã de música industrial e *cyberpunk*, publicou o conto "Dies Irae" na *Imaginários 3* (2010) e mantém um *blog* para publicar diversos textos do estilo. Foi modelo e repórter da primeira edição da revista *Vapor Marginal*, editada pelo Conselho Steampunk, grupo do qual também faz parte.

TWITTER @lidiazuin
BLOG CountoWrite1.blogspot.com

Andréia Szcypula

Apesar do sobrenome, é paulistana e acha São Paulo um caos, mas também um lugar incrível para conhecer personagens e criar histórias. Nasceu em 1982, é casada e tem 3 gatos. É levemente mal-humorada, acha que sarcasmo é uma qualidade, gosta de assistir filmes pela metade e de finais tristes. Desde sempre, soube que seu lugar era ao lado dos livros, lendo, produzindo ou escrevendo. Por isso formou-se em Produção Editorial, trabalha na área editorial e está no começo de sua jornada como escritora.

Iris Figueiredo

Nasceu em 1992, na região metropolitana do Rio de Janeiro. Atualmente, estuda jornalismo. É apaixonada por livros e comenta sobre eles em seu *blog*. Depois de se aventurar por universos de outros autores, passou a escrever suas próprias histórias.

TWITTER @Iris_figueiredo
BLOG www.literalmentefalando.com.br

Larissa Naufel

É estudante de Música. Tenta convencer todo mundo que Louis Armstrong foi um alienígena. Toca violino feito um clone de Vanessa Mae sem braços e sabe preparar lasanhas. É uma garota extremamente comum e acha estranho falar de si mesma na terceira pessoa, mas acha que isso a faz parecer mais esperta do que é. Mora na Savassi, onde ambienta a maior parte de suas histórias e frequenta as danceterias mais legais. Seus autores favoritos são: Meg Cabot, Samuel Beckett e qualquer-um-que--estiver-lendo-no-momento.

Este livro foi impresso em papel pólen bold
na IBEP Gráfica em maio de 2011.